萧红传

于蔚丽 著

Xiaohong
Zhuan

畸变之花分外红
最凄不过萧红

江苏凤凰美术出版社
全国百佳图书出版单位

图书在版编目（CIP）数据

畸变之花分外红 最凄不过萧红／于蔚丽著. —
南京：江苏凤凰美术出版社，2014.7（2019.8 重印）

ISBN 978 - 7 - 5344 - 4203 - 2

Ⅰ.①畸… Ⅱ.①于… Ⅲ.①传记文学 - 中国 - 当代
Ⅳ.①I25

中国版本图书馆 CIP 数据核字（2014）第 011888 号

策　　划　王继雄
责任编辑　曹昌虹
版式设计　乐活时代
责任监印　唐　虎

书　　名　畸变之花分外红 最凄不过萧红
著　　者　于蔚丽
出版发行　江苏凤凰美术出版社（南京市中央路 165 号 邮编：210009）
　　　　　　北京凤凰千高原文化传播有限公司
出版社网址　http：//www.jsmscbs.com.cn
印　　刷　三河市宏图印务有限公司
开　　本　880mm×1230mm　1/32
印　　张　7
版　　次　2014 年 7 月第 1 版　2019 年 8 月第 2 次印刷
标准书号　ISBN 978 - 7 - 5344 - 4203 - 2
定　　价　39.80 元

营销部电话　010 - 64215835
江苏凤凰美术出版社图书凡印装错误可向承印厂调换　电话：010 - 64215835

前　言
谁撷我一世飘零

呼兰河，一条绵远悠长的水域，以千年不变的姿态，静静地流淌过中国东北部那片厚重而广袤的黑土地，润泽、繁衍着万物，绵延不绝，生生不息。夏日里的奔腾湍急和冬季的萧瑟冷寂，都不能掩去河水本质里的柔和、安然和宁怡。

河岸上的柳树，水底里的绿藻，亦终是按照固有的方式，自如地赓续。萌蘖，生长，葳蕤，枯瘦，再老去。任千秋万世，枝与叶，生与死，亘古的悲欢，执着的合离，周而复始，不曾停息。

呼兰河，以及周遭的一切，便是这样安静地存在，或缓慢地消失，继而，再换了另一种方式继续。但若是我们一定要去追寻，为了某一种目的，那么，呼兰河，是决然不会给我们任何提示，以及一些可以触摸到的轨迹。岁岁年年，它只是以相似的容颜，诠释着万千不同的岁月谜题。

可是，我们却不会因此而忘记，有一位女子，在呼兰河畔，曾惊鸿一瞥，洒脱、清晰地留下了不灭的痕迹。她温柔而执着地从这里走出去，以一种决绝和叛逆的方式。或许，是因为有了她，呼兰河才会在更多人的记忆里刻下那样深沉而久远的记忆。

她是萧红，民国时期四大才女之一，30年代的文学洛神。呼兰河，承载了她生命中的葱翠年月，她的被许多人漠视了的璀璨童稚，还有她记忆里祖父给予的唯一却永远的温存与甜蜜。

她的文字里曾有关于故乡火烧云的描述，那些各色形态的云朵，流落在清澈的眸子里，每一抹都是瞬息即逝的绮丽。只是她不知道，许多年以后，她的人生，亦象极了那些烟云，一样的空旷、澄明、短暂却深挚。而她的爱情，亦是那般的决然和清丽。她对生存的坦然担当，她抓住爱情的义无反顾，都容不得后世些许的质疑。

说她贪图爱么，还是说她太懂得周旋于人情世故？不走进她的世界，怎么读得懂她的全部。她的爱与恨，她的激情渴求，她的忘我追逐，无不镶嵌在那个时代的画幅里，带着挥之不去的阴霾，却也隐藏了轩昂亮丽的伏笔。

不是所有的故事都可以用"从此"作为结束，不是每一段人生都有预计好了的轨迹。在年少的岁月里，她也有过少女斑斓的心事，她也曾渴望被宽厚的怀抱温柔地拥住，优雅地微笑着，采撷流云，穿行四季，不食人间烟火，不问凡尘世故。

然而，苦难却是生活给予她的唯一印记。于苦难的深海中不断地沉浮，无处拒绝，无可回避。她只是一个小女子，爱，或是被爱，都是她不可多得的机遇，她只能，而且必须紧紧地把握住，然后，艰辛地完成她每一次的自我救赎。

她生命的过程总是在不断地飘零，而她的爱情，也一一地随风而逝，零落成泥。或许，爱与自由，便是她毕生追逐的活着的方式。

她用一生编织着文字。她以凄婉细腻的思维，率真质朴的笔触，娓娓地述说着一代人的苦难境遇，也深刻地鞭斥着一整个时代的悲剧。她在文字里，深彻地揭露、唤醒、拯救，试图在精神领域里引领着整个民族走向复苏。

这样一个生命短促却绝世惊艳的女子，她用三十一年的人生告诉人们，这世上，有一种任何苦难和欲望都不能湮没的激扬和美丽。

　　而她奔波的脚步，始终不曾停驻。走到路的尽头，她的行囊，依旧空空。光阴荏苒，铮琮远去，自指缝里倾泄而出的，仿佛永远都只是虚无。

　　回眸此生，风雨迷离，尘沙扬起，世事洞明，人情如纸。待云雾散去，尘埃落尽，终没有一个人，能许了她一世情深，抑或是，采撷她风雨过后飘零的四季。

【目录】

第一卷　寂寞童年一缕阳光

第一章　古老小镇·003

第二章　生未逢时·011

第三章　失爱童年·019

第四章　小院弄梅·027

第五章　桃之夭夭·035

第二卷　淡如柳絮不委芳尘

第一章　向注自由·045

第二章　生之喜悦·053

第三章　叛逆少女·061

第四章　世事变迁·069

第五章　生存游戏·077

第三卷　君当磐石我为蒲柳

第一章　绝处逢生·087

第二章　爱情神话·096

第三章　剪烛西窗·105

第四章　曙光初现·114

第五章　爱入歧途·122

第四卷　转身之后无处告别

第一章　蛰居异乡·133

第二章　鲁迅逝世·141

第三章　东风无力·149

第四章　珠分钗折·157

第五章　梅边柳畔·165

第五卷　繁华落幕蓝天碧水

第一章　寂寞如初·175

第二章　阅尽风霜·183

第三章　生命绝唱·191

第四章　泪尽念空·199

第五章　倾情一生·207

后　记·214

第一卷
Chapter · 01

寂寞童年 一缕阳光

第一章
古老小镇

　　呼兰河就是这样的小城，这小城并不怎样繁华，只有两条大街，一条从南到北，一条从东到西，而最有名的算是十字街了。十字街口集中了全城的精华。

　　　　　　　　　　　　——萧红《呼兰河传》

　　时光，总是携着一成不变的脚步，安然地走过人间四季。春花，秋月，夏雨，冬雪。绚烂，迷离。回首来处，山水清明，日月迁移。

　　岁月安静无隙，淡淡拂过，悄然抹去来时路上浓浓的痕迹。却于行者的额上，不经意间刻上了深深的禅意。遂静立，沉默，了悟。时光不语，立于潮头，淡看世事。

　　有些时候，会无端暇想，若我们亦能够凌空于世，尽数地俯瞰着世间万物。那么，山色空濛，水光潋滟，是会有怎样的景致，依次地呈现，再逐一地遁去。

　　某一刻，目光落在呼兰，那是一座古老的小镇，在中国的东北部，黑龙江，松嫩平原的腹地。那是一处极其偏远，又极其安静的所在，位于我们寻常的目光所不能及处。那里，隔绝在都市的繁华之外，远离浮世尘嚣，未经文明雕饰。千百年来，只是静默地存在着，无声无语。以至于它的名字，在过去悠长的年月里，都曾被轻易地湮没于浩渺的历史，尘烟深处，不见经传，不为人知。

一路走过，回看那些陈旧了的物事，在经年之后，各自凋零，各自皈依。万物轮回，尘归尘，土归土。即使是微小如一粒尘埃，也终是会循了它的归处，宁静地逝去。

倏忽风雨，不解来时，瞬息叶落，不知归处。时光的纤指，无论是温柔地抚触，或是薄凉地掠去，沧海桑田，世事万千，轮回的季节里从来都是不问世事，不惹尘俗，自在去来，循序更替。

穿越千年，历经百世，呼兰小镇，以它深谙古风的容貌，经久地承接着岁月的痕迹，始终不曾改变，安然如初。小镇的脚步，亦沿袭着古老的进度，经风沐雨，悠然自恃，不急不徐，寂无声息。

清风明月，野田荒陌，若一路行去，试图寻访小镇的某些记忆，或过去遗下的一些漫长的踪迹，小镇必是沉默着，闻树无声，问石不语。小镇有它独具的特质，承载着只属于它的地老天荒的沉寂。

细看一粒尘沙，里面会有一个透彻的世界。聆听一朵花语，或会解了尘世纷乱的迷局。其实，关于世间的许多事物，我们都可以不必细致问询，也不必纠结言说。经过的每一个的地方，都会铭刻着无声的话语，无论陌生，或者熟悉。或许，每一颗石子的纹理中都遍布着曾经的阅历，每一粒泥尘的缝隙里都隐藏着独有的寓意。

春风秋雨，花开时寻契机，花落时看结局。关于呼兰小镇，若细细寻去，那一处处的旧房舍或是泥石路，经了时光和岁月的沉淀和累积，都会告诉我们它曾有过怎样一个辉煌或平淡的昨日。

那么，容我们默默地去探访吧。敲开小镇记忆里深锁的重门，再轻轻地撩去厚重的面纱，让风拂去岁月的沙尘。走进去，贴近这个古老的小镇，静静地，轻轻地，不惊扰了它年深日久的简单和孤癖。然后，用心去感悟，用耳朵聆听，用眼睛触摸，那里的一草、一木、每一间房屋，和每一条青古板路，读它们埋没已久的密语。

其实，我们不只是好奇，我们不是想要解读这个小镇，也不是想探索它拥有何种不为人知的私密。我们只是想知道，孕育了萧红这样一个文学精灵的古镇，在那个尘封的年代里，到底拥有着怎样一个伟岸庄重，或平淡质朴的面目。

读小镇的表情，恍若是戴了面具，日复一日，没有哀乐，无关喜怒。恰如一幅老旧了的古画，静置于岁月深处，被珍存，亦是被遗弃。画卷蒙上了久远的尘埃，层叠覆盖，拂之不去。画中的景物，原本是黑白色调，却历经了时光的荡涤，岁月的磨砺，被深重地染上了风霜的颜色，透着历史的厚重，也散发着呆板陈腐的气息。

画自是无声无形，我们看到的便只如画布上的景物，各色人事，仪态万种，却凝滞呆板，失了灵气。整个画幅里，寒鸦禁声，山水静止，每一根线条都勾勒着无可奈何的承担，每一缕着色都涂抹着深沉隐忍的苦楚。画框上装裱着深褐色的画轴，是来自远古时代深邃的色系。背景深处密布着墨色浓重的云翳，画面的气势，庄重肃穆里隐藏着些许厚重的阴霾雾气。

呼兰小镇，这一幅古老的画卷，经历了时光层层的剥离，早已经没有了初时清明的质感，变得厚重而粗粝。经年累月，物是人非，画面上的每一处笔调，都深刻上了光阴的凝重和压抑。而时光的打磨，却也造就了它的坚韧固执，任年深日久，光阴来去，兀自风雨不动，巍然屹立。

由一处风景读一个时代，看一方土地微缩着一个民族。今天的我们，单是面对着这样一幅黯哑色调的画卷，心情亦会有片刻挥之不去的阴郁，沉浸在画面意境里的思维，必是焦急地渴望着如何转移，再迅疾地逃离，渴望着回到阳光下视野开阔，温暖宜人的境地。而那个古老的年代，生活在小镇的人们，却是终其一生，置身于这样一片灰色的网中，被丝茧缠缚，无法自救，无以自处。他们于浑噩醉梦中日日劳作，夜夜将息，望不到尽头，看不见天日。苦难于他们，与生俱来，根深蒂固，伴随着一生，不离须臾。

不必质疑，那样的桎梏，那样的重压，他们如何承受，如何坚持，如何能众口如一地隐忍到底。风吹过，一汪死水也会泛起微澜，水滴下，坚硬的石块也会被慢慢击穿。更何况那些被古老的祖制压迫久了的鲜活的人们，他们即使不会自主的反抗，也会有本能的挣扎与渴望。如同被困住了的野兽，必是全力地挣脱捆缚，想冲出牢笼，直至力竭。

那么，小镇人于长久的困顿焦灼中，必定是有过抗争的吧。他们当中的某一个或某一些人，如同萧红笔下描述的人物，王亚明或是小团圆媳妇，他们一定也拥有着黯朗的天资和有些叛逆的个性。他们其实原本简单、直白、没有城府，性情开朗，行事天真，或有些任性，有点离经叛道，自是与祖传的古制有些不符了。于是，他们面临的，只能是被压制、被打击、被无休止地驯服。

在这样的环境下，他们怎么会不渴望有一个宽容的生存空间，能彻底地释放自己，呼吸到新鲜自由的空气。对现实，他们或许并没有过太高的期许，对未来，他们也不懂得设计出鲜明的轮廓，他们甚至不见得有憧憬，或者是强有力的信仰。而他们些许的抗争，只是缘于天性的释放，甚至是无意识的表露，不由自主的溢出。

但这样弥天的网络，经年牢固的铁锁，他们如何能破茧而出，轻易地挣脱。在强大权势的压制下，他们的力量微不足道，他们的抗争如卵遇石。千百年来，那些近乎与他们自身融为一体了的腐朽旧思想，无休止地濡染和传播，早已经迷惑了众人的耳目，也遮掩了世界本来的面目，于是腐朽势力理所当然地成为主导，不容置疑。

黯淡的混沌，挣扎的纠结，一个社会的悲怆，一个时代的堕落，无穷延伸，至时空的最深处，浸染着每一个角落，侵蚀着每一寸空隙。只要有滋生着的土壤，没落的时代便绝不会轻易地终结。

他们最终的结局只能是被制服、被压抑，甚至是被极尽地折磨，悲惨地死去。他们失去了自己，也为旧制度作出了警示。当小镇的所有人终于明白，陷入在这样的网里，已无可逃避，他们便只有收敛起自己，极度地克制。然后，跟随着周围人，以既定的表情，慢慢地适应、融入，并与之共处，尽力地与那种无形的势力完全地一致。而他们的前途，没有人可以预知，包括他们自己，或许，已经注定了是那种预设的模式。

小镇的愚拙和强势也造就了小镇人性情中的残忍、麻木和愚昧无知。在这样的环境里，人的本性和欲望被压制得没有了棱角、圆滑、世故。而正义和勇气，更是日渐消失，没有了栖身之地。面对着日常生活里一幕幕愚昧的话剧，置身事外的人们，总是例行地哄笑、喝彩，甚或是助着一臂之力。如同非洲的食人部落，对于落败的弱者，他们兴奋地群起攻之，啃噬着自己的同类，雀跃不已。用同类的血肉之躯，滋养、充实着自己。却不去想或许在某一天，自己也会有相同的遭遇。

他们每一个人的身上，都生生地烙上了时代赋予的痛楚，与生俱来，无可宣泄，无处逃避。祖辈的信仰，如沉重的牢笼，他们冲撞不出，传世的习俗，成为深深束缚他们的桎梏。以至于，到最后他们都已经确信，遵奉与秉承，就是他们原本应有的生存方式。于是，他们渐渐地没有了反抗和质疑，他们妥协、服从，抓住一切可能的机遇，最后，与周遭的强势同流合污。

于是，人们学会了把痛苦蒙上轻纱，隔着云雾，把自己装扮成幸福的样子，蒙蔽别人，也麻痹自己。然后，安逸在自己的痛苦里，再笑看着别人的痛苦。偶尔经过小镇上空的一阵风、一场雨，与身边那些痛苦的悲剧一起，在他们的传说中充当着新奇的话题。在一幕幕人为的悲剧里，他们做着无知的帮凶，却又以种种合理的理由开脱出自己，无视良知。忍受、堕落、凶残、麻木，这便是那个时代造就出来的畸形思维模式。

古老的小镇，在这样荒诞的模式里，默数着流年，经久地持续。北方的寒冷，凛冽无比。当严冬侵袭了小镇，风雪切割着大地，那些裂缝，便如人们心底里经年不曾愈合的伤处，被持续地敲打着、撕裂着、痛彻着、疏离着，年复一年，不知疲倦，永无休止。痛到极致，便是麻木，古老的尘埃封存了陈旧的往事。小镇的疼痛，经层层包裹，最终湮没在往事里，成为了陌生的回忆。

悲凉，或痛楚，经一时的咀嚼、传说、遗忘，终将会彻底结束，被时间掩埋在最深的谷底，不留下任何印记。小镇的容貌也会在波澜过后，恢复如初。而在经年之后，时间给了所有人同样的回复。小镇人戴上了一样的面具，他们的脚步，竟已是出奇得整齐，敲打出时钟一样精确的步履。

而小镇的天空，依旧是变换着四季的颜色，安定自如。风在空气中任意地来去，终究未带走任何痕迹，也不会留下一丝讯息。呼兰河水，守护着小镇，终年流淌，经久不息。花开花落，云卷云舒，草木依次地黄了又绿。古老的小镇，默默地数着时光，日出而作，日落而息。时间走过，光阴逝去，旧了容颜，换了天地，小镇依旧是携着从容的脚步，兀自延续着千年不变的清明、酸辛与荒芜。

小镇的时光是寂寞的。小镇里流动着的空气，仿佛也是经年的累积，沉淀了旧时光的味道和褪了色的记忆。在日与夜的更替里，光影交错，倏忽而去。往来的人群，循着一样的轨迹，黑暗里次第被湮没、蛰伏，再于次日的阳光中重复走出。每一天都是熟悉的画面，从开始到结束，每一刻都是枯燥地重复。依着古老的规则，不同的人们在这里演绎着相似的剧目。这里的生活已然不需要任何思索，不必改变，只简单到可以一遍遍地循环往复。

小镇街头的每一家店铺，记得这里每一个人的身影。小胡同里的石板路，丈量过小镇人们匆忙或懒散的脚步。雨洗过这里的每一座房屋，冰雪凛冽过这里每一寸泥土，而掠过小镇上空的风，亦见证着每一棵树木生命的过程，从枯萎到繁盛，从萌出第一朵芽蕊，到落下最后的一片叶子。总之，小镇的一切，都彼此熟悉到只需默默对视，不需要任何话语。小镇的古旧和承袭，让时光和语言都成为多余。

小镇在某些时候也是热闹的。小镇唯一的十字街头，聚集着城里所有的繁华，金银首饰店、布庄、油盐店、茶庄、药店，在这里齐聚。没有剧本，却时而也会上演热闹的情景剧。冬天，谁家的水缸冻出了裂缝；夏季，路口的大泥坑淹死了牲畜。这家娶妻，那家生子，所有的大小事宜，都会成为小镇人津津乐道的口实。年节时候，小镇上还时常会有跳大神、扭秧歌、放河灯、唱野台子戏、逛娘娘庙大会等传统习俗。寂寞的人们欢笑着聚集，享受着难得的激情和放纵，快乐而知足。

然而，任是怎样的繁复，亦掩不去小镇泥石路上古旧的陈迹。片刻的繁华过后，每一个清晨和日暮，仍回归简单地反复，小镇的街道上依然重复上演着不变的故事。

小镇的性格固执而专一。小镇的模样从不曾改变，数着日子，千篇一律。如同冬季屋檐下必然会挂上冰凌，而夏季必会有暴风雨，任何时节，小镇的脚步从来不曾走错。就连街道上的大泥坑，也是随着季节照常地涨落，不曾消失，不温不火。日日年年，小镇里困绕着的终究是沉闷的气息，生活的模式不曾改变，生存的规则始终如一。小镇的人们亦习以为常，无从摆脱，无可冲突。

那么，小镇的年轮，便只有一圈圈地重复叠加，如一棵古老的树木，日益粗大、壮实。根基愈加稳健，遒劲的枝桠，益发有力，时刻向天空伸展着倔强的手臂。站立的姿势，悲情，豪气，沉默地俯视着脚下的黑土地。几度繁茂，几度枯萎，粗糙的皮肤龟裂出沧桑的印迹，而苍凉的身躯里，却仍蕴藏着不息的生机。

这样的一座古老的小镇，若不是因了萧红这样一个奇女子，是断然不会为众多人所知。或许，它只会镶嵌在中国的版图里，终生默然，为岁月掩去。

而呼兰河，何其幸运，孕育了这样一座神奇的小镇。它成为一代才女不可或缺的心灵栖息地，亦是她生命中最初的起始，以及灵魂最后的皈依。

第二章

生未逢时

　　一九一一年，在一个小县城里边，我出生在一个地主
家里。那县城差不多就是中国的最东最北部——黑龙江
省——所以一年之中，倒有四个月飘着白雪。

——萧红《永远的憧憬和追求》

　　春日里，看四野的树树草草，惝然苏醒，鳞次栉比，枝芽上探出
一丛丛的嫩绿，巧笑倩兮。盛夏的季节，当一缕风，温柔地穿过窗
纱，吹落了书页间夹着的茉莉，馨香便淡淡地袭满了整个屋子。若是
在秋季走过街头，捉住一片落叶握在手心里，静静地感受其中的脆弱
和厚实，会蓦然惊悸，讶异并感动于生命末端的沧桑和不惧。而行至
季节的尽头，最后终于，任冬雪的莹白掩去了目光尽处所有的混乱、
污浊和倦悸，心情便低回浅憩，不经意间回复了生命最初的纯净与
细腻。

　　徜徉在这样一些温和安逸的氛围里，世界瞬间静止，目光澄澈，
而眼睛和心底里，都会洋溢着满足的欣悦，身心便是极致的惬意。宁
静浅醉，心如止水，思绪被安放得柔软细致。不由自心底深处轻声叹
息，时光温润，岁月静好，流年婉转，人生如意。

　　而这样的安稳时光，和静谧的心境，在萧红的生命中，却是梦幻般的遥远，可望而不可及。她穷其一生都在追寻着这般恬淡、闲适的日子，却终生未曾企及，没有享受过须臾。她生命里充斥着的是永无休止的兵荒马乱，和黑暗里经久的迷惘，流离转徙。爱情于她，总是无比绚烂、惊天动地地开始，继而再冷漠平静、悄无声息地结束。而她的生活，更是无数次从激情荡漾的浪尖，迅疾地坠入不见光芒的深渊谷底。

　　她的脚步，总是匆忙而急促，便是行至山水尽处，她也无暇坐待云起。蓝天白云的清莹，绿树繁花的秀逸，这样的安宁和美丽，于寻常生活里原本是平淡无奇，却在她的一世漂泊中，逐一地零落，渐次地疏离。些许的温暖和美好，在记忆里远去，再远去，直至看不见踪影，抹去了痕迹。

　　繁复的经历接踵而至，慌乱中她只有迎击，却无暇深思熟虑。她的一生，始终没有停止过奔波的脚步，即使是在她生命历程中些许短暂的安定时日里，她也是惶惑不安，疲于生计。在焦灼与惊惧的挟裹里，她甚至没有时间停顿下来，安慰一下自己。她必须时刻地整装待发，携着激昂的斗志，延续她浪迹的脚步，奔赴下一场没有预知的变故和迁徙。

　　在漫长的人生路途中，她不断地寻觅，不断地抓紧她想要的安定和归栖，却总是只得片刻的拥有，然后流沙般倾泄，无可挽回地逝去。一些华丽的物语，只肯在她面前飞舞着眩晕诱惑的姿势，短暂地停滞，却终是如溪流铮琮，抓不紧，握不住。光阴自她的手中静静地滑落，不声不语，不留痕迹。世间所有的境遇里，她仿佛永远都只是过客，绾着热切和依恋的目光，脚步匆匆，无奈地归去。

　　于是，很多时候，环顾周遭，人声鼎沸，尘世喧嚣。而她的身边，却只有自己，她的陪伴，只有影子。人群中的孤独，嘈杂中的静寂，她的自尊与孤傲让她的生活状态永远地独树一帜。

她不得不将自己装扮成一名勇士，抛却细腻的情感和轻柔的思绪，收拾起疲累和伤怀，面对着漫天的飞沙走石，继续倔强地屹立。她行走的目标只能是前进，她的生存方式便是时刻地冲击。一路辨别着方向，寻觅着出路，没有依靠，她必须努力地保护自己，救赎自己。

她的一生都在颠沛流离。离开养育她的故土，她的脚步，由北及南，丈量过大半个中国的土地。她走过北京、青岛、上海、香港等十数个城市。漂泊的原因形形色色，流浪的理由却清明单一。爱和生存，是她毕生唯一且永恒的坚韧和执着。她曾被男人无情地抛弃，也曾爱得固执，却无奈地选择放手，倔强地离去。她无数次地陷入困境，走投无路，却又总是意料之外地绝地逢生，遇到转机。她的生存环境戏剧般地扑朔迷离。

她生命中的黄金岁月被命运无情地戏谑，岁月的霜刀将其切割成缕，再蚀骨地剥离。命中注定的不幸，永无休止的奔波，乱世风云中的飘零，离落，是她一生的宿命，她不能拒绝的因果。她短暂的一生曲折婉转，跌宕起伏，几乎成就了一部漂迫浪迹的绝世传奇。

而抛开纷乱的世事，拨开云雾，静静地追溯，遥远的年月里，她生命的起点，以及仓促的谢幕。一切都是那样的平静、淡泊、不谙世情、不惹尘俗。没有任何华丽的阵容和磅礴的气势，这世间，她只是安静地来过，再素雅地离去。

弦本无声，乐仍澄明。水自闲静，却付与了落花一世的飘零。厚重的云层，掩不去天空碧蓝的本色，风沙过后，世界仍葱翠馥郁，遍布着生机。萧红的一生，或有心向世，或无意着痕，却超越尘俗，摇曳峥嵘，于污浊的世事中脱颖而出，留下了深邃而清晰的印记，遗世独立，兀自清明。

　　萧红出生于 1911 年的农历五月初五，端午节。她短暂而多舛的一生由此开始，而她命运中的那些几乎贯穿了她整个人生的劫难、奔波和离弃，也从此拉开了序幕。那些坎坷的经历，蜿蜒的路途，冲不出的迷雾，看不到尽头的跋涉，这些仿佛是命中注定的境遇，其实与她出生的时日原本没有任何关系。那一天与寻常的日子并没有什么不同，只是恰巧，那天是端午。

　　而在古老的封建年代里，生活里的每一处存在与变迁，所有的新生或更逝，都会依着祖辈流传下来的规制，被一一地对号入座，赋之以一个言之凿凿却匪夷所思的含义。而背负了这懵懂结局的人们，也必得为了自己的恐惧、不安或内心里抵触，寻找一个倾泻的出口，或是一个冠冕堂皇的说辞。于是，萧红出生的那个日子，端午节，便顺理成章地，注定作为理由开启了她生命中最初的不幸遭遇。

　　逝水似烟，光阴如炬。每一个日子都是以一样的面貌、相同的步履，循序地前来，再安静地逝去。时光长河里的每一个段落，辽远地域中的每一方隔离，原本都是真纯、质朴，毫无二致，拥有着鸿蒙初开时最原始、最本真的面目。

　　而陆续来去着的人们，依着经年累积下来的不同心绪，以及渐次磨合，趋于统一了的意志，把一些日子装饰成为他们期冀中的样子，或欢欣、或肃穆、或流光溢彩、或阴云密布。而时光，其实仍然是不惊不惧，循着固有的轨迹，我行我素。

　　千百年来，沧海桑田，物换星移。行者匆忙，驻者焦虑，形形色色的人群中，姿态种种，表情各异。唯有时光俯视着人间，从容地流逝，遗沧桑的痕迹于天地万物。顾盼流转间，仓促地带走了光阴，吞噬了年华。似不经意地苍老了一代代的容颜，塑造了一幕幕的历史。时间，君临天地，傲视万物，永久地立于不败之地。

　　光阴的流失，华年的老去，万物于轮回间的重叠往复，周而复

始，永无休止。静默的时空给予了人们禅意的启示。繁华过后，落花
成冢，回眸往事，意象凄迷。恍然间惊觉，韶华飞逝如斯。于是，经
久安然的表情里，不经意间添加了惊悚或焦虑，一成不变的模式也有
了辗转的触动和冲突。

对于时光的变迁，空间的转换，人们无以对峙，只能追随、承
接、坦然待之。不需言语，思维在彼此的交错、碰撞、融合中萌生、
发展，亦步亦趋，遂透彻地了悟。一些日子便因了某一种原因而被刻
上了人为的标记，一些平淡平常的事物，亦被赋予了别样的寓意。生
活亦因此而换掉了黑白色调，变得隆重奢华、多彩多姿。

两千多年前的诗人屈原，才华横溢，义胆忠心，却遭奸佞陷害，
报国无门。历经坎坷，屡受挫败，最终，他怀着满腹的屈辱与抱憾，
以"世人皆醉我独醒"的姿势，纵身一跃，投入了汨罗江底。一代
诗人，陨落于瞬息，只留下忧国忧民的经典诗篇，流传于后世。五月
初五，是他投江的日子，后世的人们为了怀念诗人，以端午节作为纪
念。而两千年后的1911年，萧红，便是出生于端午节这一天。

农历的五月份，对位于中国东北部的呼兰小镇来说，正值春意浓
郁，万物生机。这个时节的北方小镇，是一年中极其难得的时光。季
节的脚步经历了寒冷彻骨、灰暗漫长的冬季，蓄积，坚持，勃发，在
黑暗幽深的尽头，濒临窒息的边缘，终于触摸到了春天柔软温和的声
息。小镇人虚着朦胧的双眼走出屋子，看阳光透过云层，为小镇披上
了华丽温暖的外衣。

自漫长的冬眠中苏醒，风摇曳着春的生机，掠过街角的屋顶，拂
过山野里的土地，追逐着小溪流水，也浸染了小镇上空干涩凝滞的空
气。仿佛一夜之间，葱翠的绿意遍布了小镇里的每一个角落，连青石
板路的边缘也若隐若现着小草清香的气息。在春风暖意地抚慰下，冰
冻过的坚硬土地早已挣脱了冬季的桎梏，安然醒来，舒展身躯，温柔

地坦露出蛰伏的生机。

彼时的小镇，虽不及江南红了樱桃，绿了芭蕉的玲珑景致，却也是阳光温暖，草木青葱，遍地里都孕育着蓄势待发的盎然生气。涌动着的春潮，早已是迫不及待，飞扬起舞，一径风吟，一路漫延，轻易地便唤醒了丛林，迷醉了河流，春的气息满满地萦绕，扑面而来，缠绕，密布，席卷了小镇里所有的区域。温暖的力量喷涌而出，那些隐匿了一整个冬季的颜色，终于摆脱了冷静和压抑，绾系着花与叶的灿烂笑意，纷至沓来，萦绕了山林，缤纷了四野，广袤的河川亦染上了璀璨的笑靥。

风轻柔地吹过，拂落了季节里的尘埃，隐藏在岁月里的遥远的心事，被渐次地剥出、坦露，草木的记忆在春日的阳光里温柔地复苏。许多人家的院落里，架子上的紫藤花儿在沉默的婉约中陆续绽放，一串串紫色的花蕊簇拥着，远远地望去是满目的云雾。

看一树云霓，沉醉了心情，撷一茎花香，迷离了春色。那一条条的藤萝，挂满了花朵，蔓布着垂落在风中，恍然间，视野里一片迷蒙的紫色，瀑布般萦绕着飞落，清新宜人，馨香馥郁。风拂过，小镇的身上沾染了灵秀的气质，天空也布满了跃然萌动的春色。

春的足迹跌宕跳跃，自如地来去，跨越了整个小镇的街道和山野，紫藤花亦开满了家家户户的院落。小院的柴扉早已掩不住春色，隐隐约约间，那扑天盖地的浅紫色，柔韧地漫延，遮蔽了天空，浸润了土地。小镇的春日，天气晴好，时空静明，风轻吟浅唱，阳光洒满了每一个角落。

这样一个流溢着宁静祥和的春季，时间的脚步分外地轻盈自如。过了清明、谷雨，端午节便如约而至。这一天，阳光明媚，天空湛蓝，几缕白云散落在清风中，微微地变幻着形状，盈盈欲落，柔顺如棉。小镇的街道上人来人往，笑声错落，叫卖声起伏，浓浓地弥漫着节日的气息。每一户的院落里都飘浮出棕叶的清香，小镇上空飘荡着的空气里也染上了棕米的香气。整个小镇的味道，凭添了几分和稳安逸。

在相对闭塞的村镇里，对于每一个或大或小的节日，人们必定会有不同于寻常的表示。平日，小镇的人们终日置身在晦暗的氛围里。日复一日地徜徉于田间劳作的繁忙与单调中，生活千篇一律。每逢节日，自是会刻意地渲染，着力地烘托，努力给生活增添一抹亮色。平淡的日子总是需要一些装点，孤独的氛围亦渴望被火焰灼热。哪怕是再古旧的时光，抑或是再穷苦，再困顿的生计，也没有人会计较在这一天里多一分地放纵与奢侈。小镇的人们按着往常的步调，统一地过着属于他们的节日。

在一派较往日熙熙攘攘的热烈辉煌中，有一声脆亮的婴儿啼哭乍然间自城南某户人家的院落里传出。这一日，小镇上诞生了一个女婴，她就是后来的萧红，那时父亲为她取的名字是荣华，学名张秀环，后来因为与二姨的名字冲突，又由外祖父改名为张廼莹。

那个时候，小镇的人们并不知道，这女婴多年以后会是何种模样，也没有人预见到她将会走过的道路，遇见的困苦，以及她的成就，和为整个小镇带来的辉煌荣耀。那时候在众人眼里，这女婴并没有什么不同，只是，她恰巧生在了端阳节，在时空里遇上了一个巧妙的契合。这对于萧红或许并不是一个好的征兆，却是为小镇的闲人们提供了多一点的说辞。于是，他们把这当作小镇生活里一个普通的信息，趁着茶余饭后的闲暇时光，互相传说，反复咀嚼。

萧红的远祖张岱，是明末清初文学家、史学家，于乾隆年间从山东省东昌府莘县逃来东北，到萧红祖父张维祯一代才从阿城县福昌号屯迁到呼兰。萧红的幼年，因父亲为官，所以家境十分殷实。她的家在呼兰城内龙王庙路南街道上，有一排30间的宽敞院落，一色的满族风格建筑，青砖青瓦，五檩五鸠，软山、明柁、半明柱，整齐划一。整座院落透露出晚清北方小康之家的气派，殷实、安宁而富足。

这些院落，在小镇繁杂的街道上十分突出。在今天，它们展示的是那个时代富足人家的宏伟和气势，而对于幼时的萧红，却意味着比寻常的贫苦人家更多了几分封建思想的戒律和束缚。而那些黛色砖瓦中蕴含着的厚重的历史，却也于悄然间一点点渗入进了她的思想深处，为她日后的文思喷涌埋下了深厚的伏笔。

诞生于这样的一个富裕之家，萧红的生活本应是锦衣玉食，无忧无虑。而她却不幸成为了被父母厌弃的孩子。张家是那个年代典型的封建地主家庭，萧红是父亲的第一个孩子。这对于盼子心切的父亲来说，自然是嫌恶至极。况且，她又是在端午节出生的，传说中屈原的忌日，生于这样的日子，自是很不吉利。于是，父亲不容置疑地把女儿的生日改成了五月初六。他甚至没有多看女儿一眼，便在心底里把这个小生命打入了另册，划分了归属。

这该是无辜的萧红不幸的开始吧。或许，正是由于这些最初的冷漠、约束和压抑，在心灵深处不断地累积，才使得成年后的萧红，毅然选择了叛逆的道路，走得艰辛，却始终执着、坚持，不曾回顾。

第三章
失爱童年

父亲常常为贪婪而失掉人性。他对待仆人，对待自己
的儿女，以及对待我的祖父都是同样的吝啬而疏远，甚至于
无情。

——萧红《永远的憧憬和追求》

人之初期，性本真纯。每一个幼小的生命，最初清澈的眼睛里，
写着的表情都如出一辙，是永远不变的嫣然笑意，善良、干净、单
一。生命的初始，透彻清晰，一览无遗。生命的过程，却妖娆婉娴、
姿态不一。历经万种风情、千般劫数，生命的本质，早已被世俗的风
霜浸染，那些曾经坚硬的、脆嫩的、棱角分明的质地，一律地变成柔
软、善变，模糊了痕迹。

在时空的潮流中，面对着不同的情势，每一个个体，无一例外，
都卷入了谷底，继而随波逐流，不由自主。他们被自由地揉捏，随意
地雕塑，以各种不同的形状，被一一地安放进合适的境地，没有丝毫
的偏差，完整缜密。经了时光的融合，磨砺，最终，他们以极其相似
的面目，湮没在时间的尘埃里，万物如一。

呼兰河水，奔腾着流过，时而舒缓，时而湍急，一路飘摇，一路

沉寂。河水弥弥，寂然无语，所有的心思，都隐藏于水底，过往的人们，看逝水迢遥着远去，空自慨叹，却无法把握住点滴。苍茫、浑厚的水声里，没有人读得懂，它曾经有着怎样的过去。

呼兰河的表情里，蕴含着无数深刻的细节，跌宕着无穷激昂的音符。无论平静，细语，或是奔涌，狂啸，千年的水域，千年沉寂，荡涤了污浊，逾越了世俗。而我们可以亲近的，只能是它遥远而模糊的面目，却永远走不进它深长幽远的内心深处。我们便只有在无边的浮想里，默默地品味，掬一捧河水，细细地探知。如同翻阅着史书般，读它沧桑蜿蜒的过往，寻找它记忆里的惊世骇俗。

或许，有窈窕少女曾经在河水里濯洗过纤纤玉足，也许有妇人浣洗过农夫汗渍的衣物，还有牛羊啜饮了解过焦渴吧，经过的人和物，必定形色各异。呼兰河水，却始终沉默不语。时光流逝，数易寒暑，没有人在这里留下印记，没有事物在河水中留有痕迹。呼兰河水，不须言语，只一如既往地芬芳沉默，一往无前地奔驰升腾，遗澄明和清晰于世间风景，在狂风暴雨里，成天平地，透彻如斯。

呼兰河，孕育了这样的一方水土，而在河畔赖以生存着的人们，既沿袭了河流得天独厚的磅礴大气的本质，亦继承了沿河流域自古流传下来的古老的体制。于是，东北的黑土地滋养出来的粗犷豪气与封建传统的狭隘专制，便在这里异样却紧密地融合在了一起。

在萧红的家族里，一个新生命的降生，原本应是分外满足的喜悦，和极其隆重的典礼，她本该是娇生惯养，极尽呵护，成为这个富足家庭里的掌上明珠。她面前的路，也该是斩去了荆棘，鲜花环绕，绿树荫庇。而她穿着曳地的长裙，优雅地微笑着，生活温润得象个公主。

然而，这一切只能是臆想中的场景，并没有机会成为现实。她命定的所有，已在不远处向她招手，微笑着步步走近了的幸福和安逸，在她降临人生的那一个瞬间，便戛然而止。没有确切的缘由，仿佛只是因为她是个女婴，又阴差阳错地逢了一个特别的生日。在家里大多数人的眼睛里，她便如草芥一般，永远地失去了被疼爱和宠溺的权利。

萧红的父亲张廷举，早年毕业于黑龙江省立优级师范学堂，先后当过教员、小学校长、义务教育委员长、实业局劝业员、县教育局长和督学等。与那个年代许多政府官吏一样，张父的性情呆板而迂腐。他并不善于打理家业，在仕途上，亦未达到登峰辉煌。不过，终究也算得上是一路顺畅。

张父半世为官。长久的封建官吏生涯，给他戴上了一副旧时官员特有的的面具，极端的冷酷、自我，骨子里亦深刻地沾染了浓厚的封建统治阶级思想的侵袭。他为人自私、冷漠、刻板。官府里日日统一的生活模式，将他湮没在故纸堆里，早已尽失了为人最初的善良和气。

幼年的萧红，对于父亲有着天生的畏惧。这种畏惧既缘自于其与生俱来的不讨喜父亲的本性，也有成长过程中不时遭到父亲训诫时的经年累积。这畏惧是深植于内心的，深彻入骨，总于不经意间袭来，并且带有几分神经质，偶一碰触，竟会招致她不由自主地全身颤栗。

她记忆里的父亲，永远都是身板挺直，僵硬地裹在深颜色的衣服里，表情是一式的庄重而严肃。黑色的礼帽下，露出的是严苛的面孔，搭配着满口的戒律，脸庞上绝不会有丝毫的笑意。他仿佛带着与生俱来的使命和义务，他永远都在指正着身边所有人的错处，永远以君临的姿态凌驾于那些人，以及他们周遭的一切物事。

每一次，萧红从父亲身边走过的片刻，总是瞬间禁声，将步履收拾得轻悄整齐。而面部的表情，也不自觉地趋于肃穆。透过父亲巍然不动的身影，她仍能感觉到那两道目光，斜视着，凛冽而迅疾。那样的瞬间，她会感到如芒刺在背，悚然惊悸。她无端地害怕，那目光会如利剑一般，穿透自己的身体，翻捡、搜索，再寻找出里面的一些暇疵。然后，便会招致无休止的训诫和呵斥。

在父亲面前，萧红与其他的家人永远都是一样的表情。唯唯诺诺、小心翼翼。父亲居家时，一家人的生活常态便是谨慎和惊惧。因为，在父亲的眼睛里，他们总是有不可懈怠、不容姑息的错误。即使是稍有不慎，偶尔打碎了一只杯子，或是做错了一件事情，甚至只是走错了一步路，都是不容置疑，轻则会招致父亲凌厉的目光怒视，重者便是漫长而严厉地打骂、呵斥。

父亲生性悭吝，对周围的人事都极尽苛刻，不留余地。某一次，因为房客付不起租金，善良的祖父稍加宽容，父亲便与祖父争吵了整整一夜，执意不肯谅解。这件事情，在萧红幼小的心灵里留下了深刻的阴影。从此，对于父亲，她不再仅只是畏惧，又凭空地多了几分莫名其妙的厌恶。

若是去除了祖父的疼爱，萧红的童年生活便只是一片黑暗，没有了一丝亮色。父爱的缺失，给幼年的萧红留下的，是刻入性格深处、掩藏不住的几分野性和英气。这是生活给予她的本性中最初的果决与刚毅。没有父亲的庇护，小小年纪的她，不得不被动地坚强，勇敢地努力，她要学会自己保护自己。

一个生性执着，并且聪明灵秀的女子，却有一位迂腐冷酷、远离慈爱的父亲，于萧红，这不能不说是命中注定的悲剧。而更为不幸的是，她还有一位精明强干却冷漠势利的母亲，和一位与她父母亲同样重男轻女、封建思想根深蒂固的祖母。由此，她苦涩而酸楚的童年生活可想而知。

萧红的母亲姜玉兰，亦是生于封建地主家庭，受过传统思想的教育。关于她，张家的《宗谱书》中这样记载："夫人姜氏玉兰，呼邑硕学文选公女，幼从父学，粗通文字，来归十二年，勤俭理家，躬操井臼，夫妇伉俪最笃，惟体格素弱，不幸罹疫逝世。"

母亲姜氏精明干练，理家有方，却在重男轻女的思维模式中，同萧红的祖母范氏如出一辙。作为女儿，萧红的出世既然未能如母亲的意愿，那母爱于她，便是自然而然地失之交臂，遥不可及。

母亲对萧红的态度虽不及父亲严厉，但却是另一种形式的冷淡和疏离。比如，她看着萧红的眼神在大多数时候总是冷若冰霜，她对萧红的渴望与喜好，也是极少顾及。潜意识中，她并不在乎女儿的生活过得是否快乐如意，而只是按照自己思维中既定的模式，把女儿圈囿在封建的俗套里，再沿着家族既定的轨迹，一步步地走完人生的路。

萧红母亲的封建思想十分浓厚。在她生前，一直没有允许萧红上学读书。她想把萧红留在家里，让她学习家务，照顾弟弟。并且，张母怀着与丈夫一致的想法，想让萧红慢慢地适应封建家族，不许她失了家门风范，试图把她调教成一个循规蹈矩的大家闺秀，再觅得一个好的夫家，以此来荣耀门第。

在张母短暂的有生之年，女儿几乎从未享受过她的疼爱呵护。或许，某些时候，萧红站在母亲面前，与母亲对视，她也想在母亲的眼神里触摸到一丝温情的呵护。而这一切终是徒劳，她企求的眼神换来的大多是母亲的冷漠和烦燥，甚至是不屑一顾。她唯有失望地转身，倔强地离去，小小的心一点点变得坚硬，眼睛里却不曾落下泪滴。

与祖母有关的事情，萧红记忆里最深刻的便是痛楚。三岁的时候，她的祖母范氏，有意无意间，曾给予过她针刺的疼痛。这痛楚，刻骨铭心，始终横亘在萧红的记忆里，隔断着她与祖母的距离。

那个年代的东北小镇，家家户户的窗户上都裱糊了窗纸，在贫困的年代里，那是全家人都得好好珍惜的财物。张家是地主家庭，较一般人家更有些尊贵，因此，家里的窗户都是四面糊纸，当中镶嵌着玻璃。萧红的祖母有轻微的洁癖，她屋内的窗纸便愈加洁净、整齐，是全家所有窗户纸里最贵重的。

窗纸白净、细腻的质地，落在小女孩的眼睛里，激发了她浓厚的兴趣。于是，每次得到机会，爬到祖母的炕上，萧红便不假思索地直奔窗边而去。然后，伸出小手指，按着花窗棂的格子，把窗纸一格一格地捅破。每次做这件事情的时候，她总是兴致盎然，乐此不疲。听着窗纸悦耳的碎裂声，鼓点一般地脆亮整齐，她的破坏欲望得到了极度满足，她因而觉得无比得意与欣喜。

对于萧红这种小小的破坏行为，祖母追骂、呵斥过，却终是没有办法制止。她心疼家里的财物，却又无奈于这个屡教不改的叛逆小孙女。于是，在萧红又一次爬上炕，直奔窗棂后，祖母终于想出了对策。她拿出一根缝衣服的大针走到外面，等候在窗纸后边。当破坏的小手指穿过窗纸，碰到针尖之后，彻骨的疼痛让她马上明白，这是"祖母用针在刺我"。

对于一个三岁的小女孩，没有任何一种感受比疼痛更能让她铭心刻骨。于是，这锥心的疼痛从此便深刻地镶嵌进了萧红童年的记忆里。直至成年后，她仍记忆犹新，并写进了她的文字里。这痛楚也令她更加远离了本就不喜欢女孩的祖母。在她的小心灵里，甚至觉得，拿针刺她的祖母是恶毒的，这也让她对祖母的记忆里多了几分恨意。

其实，当初祖母的这个举动，许是并没有什么恶意，那只是在那个年代里许多家庭管教孩子时的一种小小惩诫而已。祖母虽然不喜欢女孩，却也不至于对自己的嫡亲孙女行事恶毒。况且，在祖母的心里，终究也是疼爱着小孙女的吧，只是爱意不如祖父那般浓烈而已。

有些时候，祖母也会给萧红糖吃，或者在咳嗽时煮了猪腰川贝母，也把猪腰分给孙女吃。但这些许的好处终不如那一回的针刺更加彻骨。不管怎样，对于倔强而敏感的萧红来说，这一次的疼痛，是永久地深刻在了记忆里，铭记了终生，深藏于心底。

姜氏当年嫁入张家的仪式隆重而热烈，方圆皆知。而她的生命，却华丽而短促。母亲去世时，萧红只有八岁，但已经有了三个弟弟。其中，大弟富贵已夭亡，二弟张秀珂三岁，小弟连富只有几个月。因为与母亲关系的冷淡，幼小的萧红对于母亲的去世，并没有太多的悲痛。对她来说，只是相对平静的生活因此而有了些许的改变。

因为很快，父亲便为他们娶进了继母。继母进门时，萧红甚至还未曾扯去鞋面上缝着的祭奠母亲的白布。继母梁亚兰也算得上是呼兰镇的名门之女，家境殷富。磕头认母后，习惯了独来独往的萧红，对家里的改变漠然视之，她觉得继母与母亲并没有什么不同，她也没有奢求在继母那里能够寻得母爱的延续。

继母对萧红姐弟感情淡薄，态度冷淡而客气。或许是因为自己继母的身份，更或许是懒于对继子们管理照顾，梁氏从不直接管教萧红姐弟，而是在事后告知丈夫，由丈夫严加管教，厉声喝斥。

恰在此时，一向疼爱萧红的祖父染上了抽大烟的习惯，已经无暇顾及萧红。于是，她与弟弟在家中的地位每况愈下，直至跌入谷底。这种人生的起落，畸形的生活环境，赋予了萧红异于常人的不羁性格和心理特质，她脆弱却又任性，孤僻而又自尊。

待萧红年岁稍长，渐谙世事后，她对家人的态度更是冷淡疏离，几乎没有了任何语言的交流接触。有些时候，她甚至故意做一些张狂的举动，以此激怒父亲和继母。这使得父亲更加震怒，父女之间的矛盾不断地扩大，渐渐地没有了转圜的余地。

在这样的一种畸形亲情的笼罩下，萧红的生活状况不言而喻。她渴望爱，渴望自由，却被无形的力量紧紧地束缚，濒临窒息。幸而，在这个大家庭里，还有她的祖父，这个唯一给了她爱与温暖的老人，他的包容与宠溺，总算是让萧红拥有了一个尚可以回味的童年。

　　懵懂的女孩，童稚的年纪，人生的风霜尚未侵袭，清澈的眸子里却已经无奈地写入了丝丝的忧郁。隔着年代，我们远远地望过去，她看世界的眼神里充满着探求与新奇。若是她从你面前走过去，那背影娇小脆弱，必是盈盈一握地惹人怜惜。

　　在触痛心底的那一刻，我们想知道，彼时，她小小的心灵是怎样地渴求着家的温暖，和父母亲爱的归依。而这一切，只存在于她美好的梦境里。她仰望着父母，期待着给予，而伸出的小手，握住的却只有祖父掌心的粗粝。

　　而经年后的我们，亦只能透过文字，穿越历史，将一声长久的叹息遗落于纸端，复掩卷深思。

第四章
小院弄梅

　　一到了后园里，立刻就另是一个世界了。决不是那房子里的狭窄的世界，而是宽广的，人和天地在一起，天地是多么大，多么远，用手摸不到天空。

　　　　　　　　　　　　　　——萧红《呼兰河传》

　　时光是一条徜徉在意念中的河流，没有源起，不知所终。它遍布了世间的每一个角落，占据着生命中的所有空隙，却在不为人注意的某个瞬息，与人们擦肩而过，寂无声息。没有征询，不留余地，时光静静地涂染着世间万物，不经意间，便沧海桑田，换了容貌，毁了根底，行者的脚步里便也凭空地多了些许豪放和不羁。

　　云淡风清的日子里，碧蓝的天空，水洗嫣柔。葱茏的绿树，繁盛了一季。看远山含黛，轮廓清晰。日影迁移，却迷失了踪迹。世间景物，在时间的掌握中，终是延续着既定的轨迹，展示得井然有序，而自然的脚步循序前行，亦始终如一。

　　春去秋来，草自生息，生命不断地转换着形式。前路未知，却倏然而至，匆促的脚步细数着距离。走过岁月，穿越风雨，一路向前，不允许有丝毫的迟疑。而绿野青葱，山峦叠起，目光里依次掠过的不同景致，清晰地昭示着自然界无穷的生机。

　　季节在光影里奔流不息，孜孜不倦地沉沦，再崛起，生命便随之一遍遍地循环往复，永无休止。落花慵倦，径自飘零，流水长东，一路清冽。缘灭缘起，去留无意，万物有灵，人物相通，生命中所有的变数，终不会偏离了它本来的根基。

　　这世上，若有一个地方，可以收容着所有不得不逃避的人们的思绪。在忧伤遍布的时候，在狂热欣喜的瞬间，都能够藉以远远地避开纷繁喧嚣。即使是独自一人，行走于人群中，背负着重任，抑或浅尝着忧伤。无论行者，还是过客，都能寻得一方彻底的清净，作浅慢停留，在那一刻，能独享一份安然地缄默，忘却物我。

　　这样的一方纯净境地，其实就珍存在每个人的意念里。在心底最深处，那个温柔安静的角落里，安放着绝世珍稀，旷古的悲欢，还有尘世里不能留驻的华美流年。那一方天地，遗世独立，无视岁月变迁，不慕季节风雨，美极无形，音至无声，兀自妖娆，兀自沉寂。

　　时光无尽，生命不息。每个人的一生都变迁着不同的境遇，划出无数个段落，不同的际遇，却排列得错落有致。拆分了既定的命运，却组合了一样的结局。而每一个段落里，都至少会拥有着一处净地，承载了身和心中不为人知的寄予。无论现实，或是虚拟，它必须存在，并且是如影随形，回眸即触。那里没有扰攘，干净清明，安然无虞。

　　那样的一个清静的所在，在生命里是一种完全的依恋，每一个时段里都不可或缺。甚至于在某段生命历程中，它几乎就是绝世风华，天下无双的珍奇。安守着的时候，云雾散去，霁月静明，即使是只有一个人，怕也是可以一路清静地走到天涯海角，地老天荒去。

　　在漫长的时日里，寂寞时而会突如其来，又或是晦涩经久地持续，无以排遣的琐碎里，便那样安静地收藏着荒凉与阴霾，也安放着那些无与伦比的静好和绮丽。因了这样的一种寄托，身体才可以安稳地栖宿在凡俗喧嚣中，不慕奢华，安之若素。于是心灵也才能在尘世清歌里清明地归依。

童年，原本是被呵护在掌心里的温暖。干净透亮的本质，不谙世事的清纯，必是要在极轻盈柔软的掌握里，才能够温柔地填满空缺，一点一点地把纯净的颜色逐数加深，直至成熟。于是我们很难想象，若失去了爱的童年，便是要经历怎样的艰辛和磨难，才能够小心翼翼地长大，不屈不挠地向前，完成人生初始的这一个阶段。

萧红的童年，没有父母双亲的疼爱，没有细致温柔的缱绻，她的童年的过程，确是一波三折，曲折而艰难。就象她在自传性作品中描述的弃儿一样，冰凉的空气浸染过她的肌肤，污浊的混沌淹没了她的精致。她冷了，她饿了，却是如没有妈妈的孩子，没有爱的滋润，没有拥抱的温暖。读那一段文字，心情是彻骨的冰冷，长久的凄清。

然而幸好，她有祖父。祖父的爱与宽容，给了她欢笑与自由，填充了她黑白色调的童年。当那个和善慈爱的老人，用他粗壮厚实的手掌牵住她的小手，走进阳光绚烂的后花园，从此，为她展示了一个新的世界，带她走进了充满新奇和欢乐的空间。而祖父和那片园子一起，为她的童年时代开启了一座神奇梦幻的伊甸园。

萧红的祖父张维祯，是旧时代一个赋闲在家的乡绅。他秉性淳厚善良，行事淡泊离世。青年时期的他，读过诗书，学过经营，却兴味索然，志趣皆无。纯朴又有几分迂腐的天性，使他不懂商家经营之道，不谙世间风俗人情。于是他甘于平淡，放弃世俗，回归安稳舒适的日子。

张维祯与范氏共育有三女一子，因小儿子早夭，为延续香火，过继了堂弟张维岳的儿子张廷举为嗣子，即萧红的父亲。多年来，张维祯一直是靠着祖传的尚算丰厚的家资，养活着一家人，自己则过着淡泊闲适，超越凡俗的日子。

　　萧红出生的时候，祖父已经是六十多岁的年纪了。数年间，祖父的三个女儿陆续出嫁，家里的气氛日渐冷清，没有生气。萧红是父亲的第一个孩子，许是在此之前，张家已经许久没有添丁进口，暮年的张维祯饱尝了家庭里清冷的氛围。因此，萧红的降生，令祖父喜极。如同上天赐给了晚年的祖父一份珍贵的礼物，这个小生命的到来，为他驱赶了常年的寂寞，适时地带来了满足和安慰。

　　面对着降临人世的小生命，祖父的表情自是如获至宝，满怀欣喜。而接下来的成长过程，则不仅仅是疼爱，更是充满了溺爱与纵容。以致于幼年的萧红觉得，在这世界上，有了祖父就够了，还怕什么呢。祖父的爱甚至让她几乎忘却了父母和其他亲人的冷落疏离。

　　祖父看着她的眼神永远是满含着笑意，孩子一样的清澈见底。祖父宽容的胸怀无限度地纵容着她古灵精怪的顽皮淘气。祖父甚至对萧红宠溺得无法无天，任由她在他们两个人的后花园里，极端地放纵着孩子的天性，涂抹着属于自己的一片小小天空。

　　祖父用他苍老弯曲的背脊，为萧红撑起了一片没有伤害、坦荡无垠的安然天地。小生命在这方天地里安静地成长，舒展着绿意，栉风沐雨。祖父深沉的爱，终是让萧红的童年减少了一点缺憾，增添了无穷的回忆。

　　萧红的祖父，一向被祖母称为"死脑瓜骨"。他一生性情淡泊，清静处世，不善理财，在张家是一个被冷落了的孤寂的闲人。家里的经济大权和生活模式，一直是由祖母一手掌管，不容旁人置疑。因而祖父得以赋闲，隐退幕后，不问家务，只做自己喜欢的事情。

　　在那个年代，张家是大户人家，有十分宽敞的院落，分东西两院。西院是租给房户的，而东院的房屋自用。东院的后面有一个近2000平方米的大园子，春夏季节，祖父就经常在自家的后园子里辛勤劳作，种菜养花，怡然自乐。

自从有了萧红，祖父的生活便有了新的重心和乐趣。他每日的工作不再是简单重复的劳作，更多了一个重要而固定的项目，便是陪伴着小孙女玩笑嬉闹，享天伦之乐。祖父为搏得孙女的欢笑，倾其所能，极尽纵容。

萧红和祖父是那个年代家人眼里的异类，每日里只缠绕在日常琐屑里，贪图安逸，不务正业，不求上进。在周遭家人充满批判的氛围里，在封建体制略带寒意的帷幕中，这祖孙俩彼此依赖，互相纵容，小小的后花园里承载了他们无尽的欢笑和平淡的从容。

关于张家的后花园，在萧红的文字里，有近乎直白却又极其写实的描述："我家有一个大园子，这园子里蜂子、蝴蝶、蜻蜓、蚂蚱，样样都有。蝴蝶有白蝴蝶、黄蝴蝶。这些蝴蝶极小，不太好看。好看的是大红蝴蝶，满身带着金粉。蜻蜓是金的，蚂蚱是绿的，蜂子则嗡嗡地飞着，满身绒毛，落到一朵花上，胖圆圆的就跟一个小毛球似的不动了。花园里边明晃晃的，红的红，绿的绿，新鲜漂亮。"

在天真无邪的小女孩子的眼睛里，这样的一个后花园，无异是一个五彩缤纷的童话世界，一片梦幻国度里的纯美天地。于是，这后园子毋庸置疑地成为了她和祖父的挚爱。除了冰雪封住园门的冬季，在一年中其余的漫长时光里，萧红和祖父几乎每天都要安守在后园子里，避开尘事纷扰，享受世外仙境。

在后花园的欢乐时光里，在祖父怀抱的温暖围绕里，她仿佛变成了童话里的一个快乐无忧的小公主。太阳暖暖地抚着她粉红色的肌肤，风扬起她缠绕飞舞着的发丝，她穿着缀着白纱的小裙子，在七彩阳光的环绕下，纵情地欢乐，翩翩起舞。恍惚间，她忘却了人间疾苦，飘摇在空气中，远离了尘世凡俗。而那些蝴蝶、蜻蜓、蚂蚱、蜜蜂，都成为了童话里的精灵，日日围绕在她的周围，蜂飞蝶舞，乐趣无穷。

后园子里，除了几棵早已不结果子的果树，还有一棵年代久远的大榆树。这是留在幼年萧红记忆里印象最深刻的一棵树，它生着茂密的树冠和遒劲的根须，粗壮的树干，龟裂的树皮，无不显示着它古老的年纪和深厚的阅历。

在幼年萧红的眼睛里，大榆树仿佛成为了童话里的神树，它拥有无数的色彩和重叠的层次，并且会不断地变换出各种面孔不同的神奇。若风拂过，榆树飒飒地摇动着整个树干和树枝，发出的萧萧声响，如音乐一般节拍明朗，悦耳动听，清晰地落在小萧红的耳朵里，并且执着地留存于她的记忆。当雨袭来，大榆树的整个树冠就变成了墨绿色，在雨雾中不断地冒着灰色的水烟。而在有阳光的日子里，温暖的光影抚摸着树身，它的叶子便映射出耀眼的光泽，象沙滩上的贝壳一样地闪烁着，绿得迷人。

生性淡泊的祖父，远离世事，避开前院的尘俗，终日与后花园为伍，萧红便也徜徉在园子里，头上戴着跟祖父一样款式的小草帽，与祖父寸步不离。祖父认真地播种、浇水，她跟随着在一边嬉闹、调皮。她会把祖父刚撒下的种子踢飞，又把水瓢里的水扬洒到空中，扮作下雨。在拿着祖父为她特制的小铲子铲地的时候，她把韭菜当作野草一起割掉，却把狗尾草当作谷穗留着。

有多少爱，便有多少天性的释放与盛开。面对着祖父充满着爱意的质疑，萧红嬉笑着辩解，口里振振有词。当祖父认真地告诉她谷穗与狗尾草的不同时，她却早已漫不经心地跑开，去摘黄瓜吃、采倭瓜花、捉蚂蚱、追蜻蜓玩，或者按照她一时的兴起，做另一件毫不相干的事情了。

后园里还有一棵玫瑰树，每年的五六月份，花都开得茂盛。满树的花苞，竞相绽放，此起彼伏。花开得淋漓尽致，枝头渲染了一树的春意。香气浓烈悠远，招引得蜂蝶环绕，绵延了一园子的繁盛气息。

玩厌了园子里其他东西的萧红，便拿着小草帽摘玫瑰花，摘满一兜，再无事可做，又异想天开地给祖父戴到了草帽上。正在埂上拔草的祖父，对小孙女的顽劣行径全然不知。他闻着浓郁的花香，还在赞叹着当年的雨水足，园里的玫瑰花开得好。而那个调皮的精灵一样的小孙女，此时却早已经笑得躲进了屋子里去。

祖父并不气恼，却是满脸宠爱地看着她，娇纵着她的小小顽皮。在园子里干活的时候，祖父会不时地停下来，含笑的目光追随着她小小的身影，看着她一刻不停地淘气。而祖父沧桑的脸颊上，满含着笑意，每一条皱纹里都隐藏着深沉的慈爱与亲昵。

玩累了的萧红，并不急于回屋，而是就在屋后寻个阴凉处，不用枕头，也不用席子，在春夏季节清凉舒适的风里，直接亲近着泥土，把草帽遮在脸上，便沉沉地睡去。在她短暂的梦境里，必会是流转着一个个美好的场景吧，即使是睡着了的样子，脸上依然偶尔掠过开心满足的笑意。

生命消长，彼伏此起，蜂蝶顾盼，不问来去。于萧红来说，园子里的一切都是清明澄澈的影像，健康快乐的负嵎，它们的样子可以在太阳底下明媚无遗地展示。这个园子里的每一样东西都是快乐的极致，这里的大树和土墙都会说话，小鸟和蝴蝶都会跳舞。在这里，所有的生灵都可以自由地进退，循序地生长，每一种性情都不会被阻拦，可以毫无拘束地放纵到天际。

后园子里的鲜亮色彩，屏蔽了前院所有的阴暗与晦涩，而那里独有的赋予身心的松弛，也会于刹那间抵消了尘世所有的烦燥与孤寂。每次一进到园子里，萧红便忘却了之前的所有，只把欢乐的笑声洒在园子里，响彻天空。于是，整个园子便也随着这笑声，变得热闹非凡，热烈激昂中，浑然忘却了时间，不知寒暑。

　　后花园里的天空，湛蓝悠远，云净如洗。时而掠过的飞鸟，张着自由的翅膀，怡然地来去。天真性情的小女孩，像拥有稀世珍宝一样地留恋在那里，终日无端地暇想，忘情地嬉戏，对着惺忪睡眼的玫瑰花朵，轻轻地吻着花瓣上的露珠。又与生在树上的和地里的虫儿，切切地细语。在这里，她轻松愉悦地解了所有尘世里不能解的谜题。

　　这个童年的乐园和慈祥的祖父一起，赋予了萧红生活和精神的双重慰藉。她得以暂时忘却周围那些她永远读不懂也参不透的、没有缘由的冷淡、古怪和寡情，她小小的心灵在那个梦境里的所在，终于得到了一丝满足的憩息。

　　多年以后，循着萧红的文字，和一些旧时的痕迹，我们追寻到这个地方。然而，看得到的，只是风景，却永远无法触摸到那些已经在岁月里几易变迁的时空的印迹。

第五章
桃之夭夭

　　除了我家的后园，还有街道。除了街道，还有大河。除了
大河，还有柳条林。除了柳条林，还有更远的，什么也没有
的地方，什么也看不见的地方，什么声音也听不见的地方。

——萧红《呼兰河传》

　　站在春日的阳光里，闭上眼睛，拂去杂念，安置了思绪，轻盈地
在空气中沉浮游移，无拘无束，挥洒自如。听轻风袭来，细细碎碎地
在耳边萦绕、轻憩，再嫣然顾盼，一掠而去。风携着季节持久的温
度，缓缓地倾注于所有的空隙，不经意间，便悄然掩去了冬季里残留
的最后一丝薄凉的气息。

　　摘一朵阳光，握在掌心里，暖意于瞬间布满了每一条纹路。看阳
光和着清风，嘈嘈切切，错落有致，在指尖欢悦地翩然起舞。轻灵纤
巧的春光，在季节里一路妩媚，一路巡视，唤醒了山水绿树，妖娆了
碧空云霓，还有那些或绚烂或模糊的遥远的未来和过去。

　　时光在眼前温柔地停驻，剪一方春水，流连绻系，轻吟浅唱着，
珍存在记忆里。目光所及处，世间万物，悉数被春日蓊蓊的风雨循序
地濯洗，流露出了本来的纯真面目。而那些凌空的遐想和温存的回

35

忆，沐着春光，倚着云朵，缥缈着，逐渐远去，一路逶迤。

　　风吹过每一个地方，留下的都是相同的气息。无论是阳光璀璨，天气晴好，还是闲花落地，细雨湿衣，在风中闪烁着传递的讯息，都是一样的清灵绝逸。零碎的时光在春去春来中经久地轮回，嫩黄色的芽蕊便变换着角色，不断地枯瘦，再葳蕤。

　　而生命的过程，重复着轮回。一如那些芽蕊，存续于天地间，飘逸行走，淡然来去。不理尘事，不惧风雨，任星月转换，光阴荏苒，心是清明，志自高远。桃之夭夭，灼灼其华。在繁盛的华年，不须浓妆艳抹，不必华丽渲染，淡抹粉黛里自有风情万千。

　　天地之间，万物归一。简单、质朴，始终是凌驾于上的清高境界，亘古不变的绵远真谛。盈盈一汪春水，自有无穷神韵，淡淡几抹流云，转圜于咫尺心间。太过的涂饰或会于扑朔迷离间妄失了本性，而最初的真纯却是历久弥新，经得住时光的探求，抵得过尘沙的侵蚀。

　　若是在最奢华的年纪，行至预期的路口，恰遇了梦寐中的阳光雨露，那么这世间的每一个女子，都会洁净清雅，温婉如诗，每一朵都盛开得宛如茉莉。而春日的花园里，也必是姹紫嫣红，天然没有雕饰。如此，世间安然，春光静好，掬一握春水，剪一世华年。

　　女儿的本质都是温柔如水，冰雪灵秀，玉为肌骨。若是可以，谁不愿意娇莺婉转，姹燕飞舞。有谁不想离了红尘，远观烟火，超脱世俗。却有多少现实中的女子，能觅得终身的庇护，弃了落花，遂了心意，真正地做到离世清明，自在得意。便是枝头有千般妩媚，万种情意，也终是落花流水，各自东西。

　　生活不会永远在童话故事里出没，幸福有时候绚丽得如转瞬即逝的烟火。遥望前方，阳光灿烂，或云烟朦胧，必经的道路上早已经注定守候着风暴漩涡。人生中所有的际遇都是前缘因果，生命里的每一场飓风，都不会是上苍即时兴起的创作。每一个日子匆忙地走过，无声之间，其实都是携裹着早已预谋的狂热或欣喜，悲凉和寂寞。

而生活，不过是按照既定的场景，一幕幕循序上演着的戏剧。主题的更换是时代的变迁，而每一个人，既是自己故事中的主角，亦是别人生命中的过客，在整场剧目里担当着若有似无的角色。走入剧场，便无路退缩。并且，在演出之前，永远不会知道任何关于剧情的线索。

萧红的命运在女子中当数离世漂泊。她的演出中没有细致如画的场景，和鲜花盛开的景色。关于她人生的剧本，创作者仿佛正处于倦意的当口，只是粗粗地一挥写就，浅淡的几笔描摹。因此，当幸运的神灵出现在天际，一如既往地抛洒着漫天的花雨，她的身上却没有淋落到一滴。于是在她的遭遇里，极少出现白云丽日，幸运的灵光如此奢侈，我们看到更多的是狂风和暴雨。

既然未得上苍的宠幸和眷顾，她便只有努力地坚强，一次次地救赎着自己。就像她小时候玩累了，便直接地睡在了泥土里，她成长的过程没有柔软的拥握，只有粗砺坚硬的岩石。而数年之后，当有人指责她对于爱情的自私和变异，为什么不想想她成长的过程和苦难的初始。我们必须懂得，是经历了怎样的艰辛和困苦，才造就了她矛盾的性格中如此的直爽和偏执。

阴暗的风，夹杂着潮湿的气息，吹翻了老旧的书页。陈年的墨香，带着几丝斑驳的霉迹，瞬间便氤氲了整个屋子。嗅着古老的气息，让我们在书页间寻迹，穿越了旧日的时光，再回到当年，那个小镇的春天，看那个豆蔻年华的少女，寻找她遗下来的芳踪华迹。

萧红小的时候，祖母屋子里的摆设精致典雅、种类繁多，透着古色古香的韵迹。于是，那个屋子总是无休止地吸引着她的眼光，每一样物件都激起她浓厚的兴趣。而有洁癖的祖母是不允许她触摸屋里任何东西的，进到屋里，她只能痴迷地观赏，继而无限暇思。

祖母插在帽筒上的孔雀翎有金色的眼睛，它总是明亮地对着众人，惹得她爱不释手。祖母的座钟上画着一个古装的女子，她说她的眼睛会灵活地转动。于是只要屋子里没有人，她便与她对视，在心里听她讲属于那个时代的故事。

祖母摆在外间屋里的大躺箱上，雕画着许多的人物，都是古装水袖，翎花顶戴，各种姿态，活灵活现。还有挂钟里的黄头发蓝眼睛的小人，她总细细地看着他们，如同欣赏着一幕话剧，眼睛里有无限憧憬和向往。

每当到了冬季，后园子被雪封住的时候，家里的储藏室，就成为了萧红唯一可以排遣寂寞的地方。那黑黑的小屋子对于她，有无穷无尽的宝藏，珍稀而神奇。小灯笼、小锯子，刻着印花的帖板，戴缨子的帽子，各种颜料、显微镜，祖母的葡萄藤手镯，这些都是她在不断探索中获得的储藏室里的秘密。

因了这些小小地反复地折腾，家里许多旧时的东西得以重新见到了天日，并且，也满足了小女孩寂寞冬日里的新鲜好奇。各种不同的物件，新奇各异的玩法，以及它们本身具有的用途和价值，从各个层面上开启了她童年里懵懂的智慧和无穷的想象力。

在萧红五岁的那一年，祖母病重，家里忽然多了许多的亲戚。可是人越多，她却变得越寂寞。所有的人都在忙碌着，没有人关注到这个小人儿的存在和她的喜怒哀乐。连一向宠爱她的祖父因忙于照顾祖母，似乎也忘记了她的存在，对她无暇顾及。很多时候，她便只有一个人，留连在后园子里。

　　小小年纪的萧红，被完全地排斥在了热闹的氛围之外，仿佛一粒尘埃，被湮没在了泥土里，变得微不足道，可有可无。面对着那些近在咫尺却毫不相干的人和事，她第一次体会到了喧嚣中的寂静，人群中的孤独。或许，便是从那一刻开始，她的内心里，根植了自立的种子。她懂得了，有些时候，生命里，她只有自己。

　　而当时的萧红，并不能理解这一切，她只是本能地渴求着被多一点关注。有一天，她像往常一样，独自一个人在后园里玩耍，忽然天空下起雨来。园子很大，她来不及跑回屋里，又找不到可以避雨的地方。环顾四周，她发现酱缸上的缸帽子又大又严实，正好遮雨，于是她费力地把它顶在了头上，像一朵大蘑菇似地蹒跚着走回屋里。

　　隐藏在缸帽子里的时候，她甚至朦胧地感觉，在那个黑暗的世界里，只有她自己才是稳定而踏实的。这是个只属于她自己的小房子，躲在里面，不怕风，也不怕雨。不知道这样一个小小的际遇，是不是也无意中暗合了她一生中大多数的处境，她的身心赖以生存着的所有外力，都会因某一个缘由被轻易地摧毁，不堪一击。而只有在近身的一方小天地里，披起冷硬的外衣，她才会感觉到坚不可摧，如岩石般稳固。

　　才只有五岁的小孩子，绝不会费力去想多年以后的事情。当时的她，只是得意于自己的小小创新，并且急于告诉祖父。潜意识里，或许她是刻意地想以这样标新立异的方式，唤回祖父的笑声，吸引到祖父对她的关注。

　　她顶着缸帽子，一路摸索着，终于走回到屋门口，再艰难地迈过门槛，走进了屋子里。缸帽子遮着她的头和眼睛，她看不见祖父在哪里，便得意地大声呼喊着祖父。而就在此时，她撞上了父亲，来不及辨别，她被盛怒的父亲地一脚便踢翻在了地上，差点儿滚到灶口的火堆里去。等到别人把她从地上抱起来，她才看清楚，屋子里的所有人都穿上了白色的孝服。于是，她明白了一件事，她的祖母死了。

祖母去世的日子里，家里来了许多吊唁的亲戚。亲戚们带来了一些她从未有过的小伙伴，他们带着她走出家门，她才明白，原来除了她和祖父的后园子，这世界还有这么大，这么多缭绕的色彩，让她的眼睛迎接不暇。

他们还带她到河边，她第一次触摸到了呼兰河水，清澈的河水不因泥沙而混浊，不为礁石而停滞。看河流中的船只来了又去，河水倒映着岸边的柳树林，暇想着河对岸那些她看不见的地方，她小小的心里，对未知的世界充满了探索的兴趣。

她终于知道了，这世上，还有她从来没有去过的地方，那些地方，是她没有见过的样子，或许，还有许多她不知道的东西。未曾料到，祖母的辞世竟是给了她这样的一个契机，她开始了思索。于是，她在心底里萌生了小小的愿望，将来，一定要走到很远的地方，看到她不认识的那个世界。

祖母去世后，祖父的屋子便空了下来。因为没有了祖母严厉的监督，那屋子里便成为了对萧红有无限吸引力的乐土。从小喜欢腻着祖父的她便吵闹着，一定要搬到祖父的屋里去住，跟祖父睡在一起。而祖父，因了一向对小孙女的宠爱，或许，也为了排遣年老的寂寞和孤独，自然也是十分愿意。

这样一个仿佛是无意中的决定，却为萧红后来的文学之路奠定了最初的基础。因为，从那个时候起，五岁的萧红，便跟着祖父学诗，开始了接受中国古典诗歌的启蒙教育。从此，朗朗的读书声便伴随了张家大院的晨钟暮鼓。当夜幕降临，或是晨曦初起，祖孙俩依偎在被子里，专心致志地念诗。有时候，即使是半夜睡意朦胧地醒来，小女孩也兴致盎然地缠着祖父，继续念着，直到困乏了再睡去。

冬日的黄昏里，祖孙俩围着暖炉，对着窗外的白雪，伴着炉上水壶盖子的振动声，诵读着诗篇，从黄昏一直到深夜。他们仿佛忘记了周围的一切，全心全意地陶醉在古诗的境界里。他们是不需要书本的，也没有任何的文字依据，年幼的萧红甚至不认识字，也不懂得诗里的意思。她只是凭着小孩子的直觉和纯质的喜好，在祖父的口头吟诵里，一首一首默默地记忆。她学会了《千家诗》，学得兴致浓郁。

五岁的小女孩，不懂得教条，没有约束，依着自己单纯幼稚的思维，学习的过程充满了童趣。比如，因为觉得"黄梨"好吃，她喜欢上了念"两个黄梨（鹂）鸣翠柳，一行白鹭上青天"。而当祖父解释说那不是"黄梨"而是两只鸟时，她便转而不喜欢了。又因为觉得"处处"两个字好听，她开始一遍遍地念"春眠不觉晓，处处闻啼鸟，夜来风雨声，花落知多少"。清净如水的环境，信马由缰地思路，在小女孩清澈的眼睛里，诗的世界挥洒自如。

萧红自是灵秀的女孩儿，她的聪慧于儿时便显露无遗。徜徉在一首首充满着古风的诗文里，那些文字的排列组合，那些在象形或想象里的奇异情趣，便是这样在每天晚上的朗读和背诵里，深刻而持久地镶嵌进了儿童时代的记忆里。

童年时的一些别样的经历，会于不经意间，在人的生命中刻下绵远而悠长的印记。在萧红的一生中，始终充斥着若即若离的惶惑和恐惧，挥之不去。她极度地没有安全感，她总是在不断地拥有，努力地维护，继而担忧，最终失去。而最初的缘起，不能不说是她儿时被父母厌弃的灰色经历。

在小时候的一些场景中，即使是一点小小的触动，也会激起她突如其来的莫名惊悸。当祖父给她讲解诗句"少小离家老大回，乡音无改鬓毛衰"的意思时，萧红的心里便莫名其妙地升腾起一阵恐惧。她开始担忧，是不是每个人包括她自己都要在很小的时候离家，到白发回来，是不是连祖父都会象那些"笑问客从何处来"的小孩子一样不认识她了。恐惧的潮水瞬时袭来，不容置疑地淹没了她心底深处宁静的栖息地。

这是幼年的萧红关于离别的本能的排斥和最初的认知。而她并不知道，在她后来的一生中，这样的离别，她真的要经历许多次。那种痛彻身心的感觉，她曾数度体会，累积叠加，历久弥深，直至麻木。

得到时，谁都期待着天长地久，拥有了，每一个人都会以为那必是永恒。而生活的天空却是瞬息转变，翻云覆雨。下一秒钟的未来谁都不能永远正确预知。于是，我们总是在不断地失去和拥有中，伤痕累累，再坚强地起步。

萧红的经历让她深谙了命运的这种劫数。在一生的所有际遇中，她竭力地紧握，亦可以忍痛放开。她执着地深爱，却能够决绝地转身。她象一个冷静而漠然的智者，永远看得清楚前面的路，即使是眼睛里含着泪水，背负着沉重的压力。

而在豆蔻初开时的年纪，她笑靥如花，清泠如水。面对着天地间的缤纷花雨，一阙繁华，她双手合十，虔诚地祈愿。多希望，有一个可以安放她一生眷恋的盛世华年。

第二卷
Chapter · 02

淡如柳絮
不委芳尘

第一章

向往自由

可是从祖父那里，知道了人生除掉了冰冷和憎恶而外，
还有温暖和爱。所以我就向这"温暖"和"爱"的方面，
怀着永久的憧憬和追求。

——萧红《永远的憧憬和追求》

春天的呼兰河畔，微风翦翦，轻寒恻恻。当尘封一季的河水终于
融化了冰雪，潺潺的水声呼之欲出，纯净缥缈如音乐。而被攒裹着的
阳光和暖意，也早已迫不及待地剪破云层，绵延着倾泄而出，温柔地
洒满了整个山野。

满坡的柳树林在静默中沉睡了一整个冬季，待清风在耳边切切私
语，便倏然间惊醒，隐匿着的生机于刹那间喷薄而出。嫩黄色的芽蕊
自枝桠上龟裂的皱褶里悄然地沁出，细瘦的枝条便染上了颜色，随着
掠过的轻风袅娜婆娑。绽放的绿色极尽地渲染着春光，涂抹着春色，
而深藏在瓣蕊里的心事，却守着一份冰清玉洁，远远地避开了尘世的
迷离与惶惑。

水声铮琮，阳光旖旎。成片的柳树林恣意地舒展着身姿，张扬着
色彩，骨骼清幽，妩媚至极。柔软的柳条儿，沾一身清凉的绿意，且

摇且驻，动静相宜，点染在季节深处，氤氲了一方水土。站在岸边，极目望去，满眼都是鹅黄嫩绿，绾系着宁静，飘逸着柔情，恍惚间使人欲罢不能，迷失了归路。

再行至暮春时节，河畔便已是柳树成荫，繁盛似锦。置身于林中，看远远近近摇曳着的柳枝，虚实疏密，错落有致。林间飘荡着醉人的绿意，浓妆淡抹，萦绕在光影里，葱翠欲滴。阳光透过枝叶的缝隙，纷纷扰扰，洒落一地，林子里便充满了温和湿润的气息。

偶尔有清风袭来，柳树的枝条便和着风的节律，在林间深处翩然起舞。而飒飒的风声，恍如天籁环绕，光影迷离着，追逐着枝和叶的脚步，细碎而轻柔，从容地反复。间或有洁白的柳絮，脱离枝桠，纷纷扬扬，飘摇着飞落在了风里。思绪亦如孩童手中放飞的风筝，脱了羁绊，没了牵系，随风飘移到极遥远处。

喜欢《红楼梦》里的诗词，每一首都是一幅即景，精巧细致。十二钗在暮春之际作柳絮诗，众女子多是循着传统的意境，一一作出，终不免过于颓败，掩不去苍凉的气息。便是聪慧灵秀如黛玉，亦是未能脱出了窠臼，引得众人纷纷喟叹，意境纯美，却太过悲凄。

而宝钗在与众人看词之前说过这样的话，"我想，柳絮原是一件轻薄无根无绊的东西，然依我的主意，偏要把他说好了，才不落套。所以我诌了一首来，未必合你们的意思。"于是，便有了宝姑娘的《临江仙》传诵于后世：

白玉堂前春解舞，东风卷得均匀。蜂团蝶阵乱纷纷。几曾随逝水，岂必委芳尘。

万缕千丝终不改，任他随聚随分。韶华休笑本无根，好风频借力，送我上青云。

一向是喜欢宝钗这个女子的，她玉质玲珑，冰雪聪颖。出生于那样严谨苛刻的封建家庭，从小便没了父亲，且母亲懦弱，哥哥粗俗。

对于一个本性娇柔怯弱的女孩儿，生活已是诸多的不尽人意。在那样的年代，一个女子对环境和宗制的束缚只有承受，绝无反抗之力。而她却能够坦然自若，无忧无惧，怀着一颗出世的净心，不刻意，不强求，隐忍地独对，努力地化解，循序地适应，一路走得云淡风轻，绝世清明。

在大观园里，宝姑娘始终含蓄稳重，行事豁达，随分从时，在纷乱的情境中应对自如，游刃有余。后人有评判说她世故圆滑，趋炎附势，而其实，细读红楼，这个小女子为人处事的善良体贴，细致入微，无处不在，无所不容。不论世事变迁，盛衰离合，她自始至终的冷静和平，淡泊从容，引人瞩目，令人动容。

柳絮原本是散淡之物，遇风则散，零落为尘。而在大观园才女的笔下，却是行云流水，洒脱飘逸，为前面几首柳絮词低回的格调背景中平添了一缕清朗之色。一阕词，书尽了风流奔放的笔力，把一个囿于封建家族的小女子，乐观的人生基调和积极的生活向往，展示得淋漓尽致，一览无遗。

萧红没有宝钗姑娘那般的世事洞明，人情练达，她的性格却可以用《红楼梦》里的这一首咏柳絮词做一种别样的诠释。她的生存环境不是温软富贵的大观园，也没有一群粉妆玉琢的哥哥妹妹的陪伴和呵护。她童年的时光里，没有胭脂粉香，只有谷穗、狗尾草、蝴蝶、蜻蜓，还有后园子里粗犷的黑土地，馨香的泥土气息。

若一只鸟儿被束缚了翅膀，困顿在封建传统的深宅院落里，美丽的羽毛只能作为装饰。当她抬起头仰望着那一方湛蓝的天空，她内心深处会有多少的无奈和叹息。萧红对于她的处境的不甘与叛逆，对自由生活的执着与狂热，是自童年起便已深植于心的种子。

有些人天性柔和温婉，不谙世事，而有些人骨子里便充斥着天生的叛逆。萧红童年的经历磨砺了她的坚强毅力，也成就了她的桀骜和不羁。她隐藏在性格深处的叛逆精神在她幼年时候的一些举动里便可窥见一斑。

在萧红五岁，跟着祖父学诗的时候，每当学得兴起，她便大声地喊出来，声音震彻屋顶。以至于祖父怕她喊坏了喉咙，不得不经常地制止她乱叫。而半夜被惊醒了的母亲，也隔着墙壁喝斥她，警告她不许闹腾。这些却都没有阻止她大声叫嚷的兴致。在小女孩的心思里，只简单地想着，她就是喜欢这样的朗读，这便是她学诗的方式。所以，她不理会别人，顾自地保留着这习惯，一直持续下去。

生存的环境我们无从选择，生存的方式，却可以由自己做主。渐渐长大的萧红，经历了父母的疏远漠视和祖父的极致呵护。截然不同的两重天地，如人饮水，冷暖自知。她并不懂得多少人情世故，却开始用自己的眼睛，敏感而冷静地参透世事。

她目睹着自己的家人，以及西院里那一群房客们的生活方式，愚昧、残忍，抑或凄凉、悲苦。而所有这一切都平静而安详地发生，并且理所当然地继续，没有人探询原因，更没有人提出反抗和质疑。他们游移在无边的汪洋里，自己悲苦着，亦咀嚼着别人的悲苦。

生活在社会最底层的那一群人们，像极了厨房里摊放在案板上的鱼肉，在干涸窒息的气氛里，早已经忘记了畅游在水底里的安逸和自如。无奈，抑或无力，只静静地停留在那里，任人施之以刀俎。

与后园子里只属于她和祖父单纯的、干净的、自然的世界迥然不同，展示在幼小的萧红眼睛里的关于人的世界，则是笼罩着灰色的迷雾，愁云惨淡，永无安宁。在这种愚昧无知的极端的环境里，生存作为人们最原始且最卑微的追求，变得至高无上，不容置疑。

冥顽不化的思维，平庸认命的心态，人性中许多华丽的曲线和棱角被渐次磨平，而生活中原本应有的精致和细腻，也悉数埋没无踪。亲情、爱情，这些原本世间最美丽的感情，都无一例外地被扭曲了面容，丧失了本性。人们心中尚存的善意和良知，也早已经不住贫困现实的挤压和驱逐，变得遥不可及、面目模糊。

在张家大院里，幼年的萧红是一个懵懂的旁观者，却也是一个颇受震撼的体验者。萧红自己的童年有与生俱来的不幸，但那只是精神层面的缺失，况且，她还幸运地拥有着祖父的爱和纵容。而那些终日徘徊在生与死的缝隙中的房客们，却是更多了肉体的蹂躏和折磨。

萧红每日对着他们，看他们努力地挣扎着继续每一个日子，煎熬着绵延不绝的苦楚，她与他们一同经历着饥寒交迫、生老病死。一幅幅展示着他们生存状态的画面，就那样深刻而永久地印在了她的记忆里。从此，封建制度的尖酸刻薄，和荼毒生灵的愚昧无知，在她幼小的心灵里，有了一份最初的认知。

她看到变异的亲情，封建的等级观念扭曲了人们的心智，亲情也变得面目狰狞。六十多岁的二伯，一个人生活，贫苦孤单，穿破旧的衣服，盖破烂的被褥，每天晚上还要满院里到处寻找着住所，临时寄宿。他是父亲的一位本家的堂兄，为张家干了三十多年的活，却始终低人一等，备受侮辱。他经常遭到父亲的打骂，最终还因病弱而被父亲赶出家门，沦为乞丐，死在街头。

还有不为世风所容纳的爱情，在现实的摧残和重压下，美丽虚幻如海市蜃楼，不堪一击。大院磨房里的磨工兼更夫冯歪嘴子，善良忠厚，心灵手巧，会拉胡琴，会唱唱本，还会做好吃的黄米黏糕。他与同院赶车人的女儿王大姑娘相爱，两个人悄然地结为夫妻。

这本是一件极其平常甚至堪称美满的事情。然而这件事却似乎忤逆了呼兰人的风俗，也给了他们空闲时间新一轮的谈资。于是，他们纷纷寻找着各色因由，衣冠楚楚地走门串户，极尽所能，制造、传播着诽谤的话语，他们本能却又变态地仇视着这对苦命的小夫妻。

祖父默许了他们一间安身的小草屋，小萧红则每天去看望他们。

然而，这些许的善举却终于没能留住他们脆弱的幸福。他们在贫穷、疾病、屈辱的环境中挣扎着生存，五年之后，王大姑娘留下了两个儿子，终于撒手尘寰，黯然离开了人世。

阴森荒凉的气氛笼罩着张家的大宅院，而发生在院子里的故事也越发地匪夷所思。偏房里住着一家姓胡的赶车人。在众人眼里，这个家庭家风淳厚，父慈子孝，兄友弟恭。而他们却用无比正当的理由、最惨无人道的方法虐待小孙子的团圆媳妇。十二岁的小姑娘，健康活泼，有黑黑的脸庞和含笑的眼睛，梳一条长长的大辫子。可是没有过多久，这小姑娘被不断地打骂、虐待后，病得奄奄一息。于是他们又请人跳大神、占卜算命，终于把小团圆媳妇折磨致死。

张家的西院里住着许多家这样的房客，他们神情相似，却形色不一。若是在一群人中也有一个完整的食物链，那么他们无疑是处于最末端的位置。他们无法主宰自己的命运，除了努力地维持着生存，他们甚至没有机会稍事喘息。而这个社会的规则，早已经注定了是弱肉强食，他们无力反抗，只能听凭摆布。

然而，年复一年，他们却一代代地传扬着他们的愚昧无知，生活的艰辛于他们已是习以为常，经久地流传，漠然地持续。他们卑微地生存，或惨烈地死去，他们把所有的际遇都交给命运，从来不问缘由，亦不思归处。

房客们把张家的院落分割成不同的区域，他们在属于自己的范围里操持着各自的生计。每日里是庸庸碌碌的繁杂喧嚣，一成不变的行动轨迹。这些变异的景象让旁观着的萧红，内心里蒙上了层层的迷雾。她只觉得院子里一片荒凉，那些臆想中的繁盛，经由了现实的洗礼之后，一败涂地。

冷酷、虚伪、嫉恨、罪恶，人情冷暖，世间百态，零落在萧红眼睛里的表情，感伤而无奈。而祖父在古诗里为她展示的那一片虚幻静美的境界，在与灰色的现实交融、撞击之后，早已一触即溃，荡然无存。

生命中，总会有一些意外不期而至，也总有一些袭击不由分说，不容闪躲。现实绝不会给人们预期中足够的时间，等待每一个人平和安稳地长大，再慢慢地沿袭渗透那些早已注定的转换。或许，在猝不及防的时候，一些际遇已姗然而至，安静地等在了前方的路口，待懵懂地行至，已无处可避。

遗落在眼睛里的黑白色调，遮蔽了萧红少女时代的童真和烂漫。她在别人的经历中太早地饮尽了生活的困苦和劫难。无处可退，便只有迎击，脆弱而敏感的童稚心灵里，因此而深刻了忧郁和感伤的印记。

长大以后的萧红渐谙事理，与家人的关系更是冷淡疏离。而在这个时候，最疼爱她的祖父染上了吸食大烟的嗜好，日益颓废，不再关心任何事。萧红在渐渐地长大，祖父却一天天地变老，祖父已经不再是儿时那个陪她念诗，给她烤小猪仔、小鸭子吃，牵着她的手，可以随时庇护她左右的依靠。失去了祖父的呵护，萧红在整个家庭里变得孤立无依。

封建意识浓郁的家庭让萧红心生厌恶，却无力挣脱。仰望着灰黑色的天空，她只能把郁闷和苦楚深深地压抑在心里。父亲所倚仗的封建伦理道德象一块巨石，压制得她不能自由呼吸。继母的脸上虽然挂着笑意，心却是冰冷得远隔千万里。她的亲属族人也都早已认定她是异类，对她不屑一顾。在这个封建大家族里，萧红备感寂寞和孤独。

一个正值妙龄的少女，飞扬着轻灵纤巧的心思，却被沉闷窒息的环境紧紧地锁住。萧红跟家人的交流越来越少，经常是整日地沉默不语。有时候，还故意做一些过激的行为，对抗和激怒父亲和继母。

封建时期的淑女，原是要梳着长辫子，穿合身的旗袍，走起路来步履姗姗，身姿袅娜。而这一切在萧红看来却是不可容忍的精神束缚。她剪掉辫子，梳着短发，并且拉上几个女同学上街"示威"。这种直接同封建礼教对抗的举动，给封建家庭带来很大震动，父女之间的矛盾开始不断地扩大和发展。

或许是因为童年时代的这些别样的经历和感触，才激发了她对理想境界的渴求和追逐。当祖父去世后，她对于自己的家庭再无任何留恋，她不能够在这样的一个没有温情，冷若冰霜的家庭里继续生活，她更不愿意在这样的一个古旧传统、愚昧闭塞的小县城里终其一生。

她内心里向往着，小时候看到的呼兰河对岸那一个光明美丽的理想境界，那个她看不到的地方，她必须要走出去，寻找一片新的天地，她的未来要由自己做主。

第二章
生之喜悦

　　祖父时时把多纹的两手放在我的肩上，而后又放在我的头上，我的耳边便响着这样的声音："快快长吧！长大就好了。"二十岁那年，我就逃出了父亲的家庭。直到现在还是过着流浪的生活。"长大"是"长大"了，而没有"好"。

——萧红《永远的憧憬和追求》

　　在晨起的清风里，仰起脸来，面对着太阳，把阳光握在手心里。任凭温暖如斯，却也有瞬间的黑暗凝滞。而撑一把油纸伞，独对着细雨绵绵，湿了衣襟，却也能无端地惹了笑颜。若能抛却千般负累，洒脱地行走于世间，傍花随柳，风轻云淡，生命何尝不是莺啼燕语，春意婉转。

　　很多时候，读着别人的经历，却拼写出自己的人生路途。倘若在某一个时刻，静静地站在街角，注视着来来往往的人群，看每一张行色匆匆的脸庞，沉静，张扬，表情各异。每一个面具的背后都隐藏着只属于自己的故事，不问，不说，便没有人读得明白，看得透彻。

　　生存与幸福，两个多么安稳且平实的概念。它们互为因果，却又井然分立。对于活着的人们，这是穷尽一生的宿命，是存在于世间最初的底线和最终的追逐。千百年来，为人们津津乐道，反复演绎着，历久弥新，形象万千。

听过一个故事。美国人威廉·马修，因外伤而全身瘫痪，住在美国西海岸的边境城市圣迭戈的一家医院里。每天早晨当太阳升起的时候，马修便开始迎接来自身体不同部位的疼痛的袭击。对于这种平常人难以忍受的痛苦，马修却心存感激，因为痛楚会让他意识到自己还活着。在此之前的几年里，马修曾经历过无数没有任何知觉的日夜。于他来说，疼痛，是喜悦，也是希冀，是他活着并且奔向健康生活的契机。

许多事情经历过后才会明白，一些情境，置身其中才能够看得清楚。幸福，绝不是一种单一的感触。人生的每一段路程都不可能是一马平川的坦途，不同的经历写就各自的幸福指数。拥有多少力量热爱生活，便得到多少机遇感知幸福。

萧红有一个与我们不一样的童年。她被动地穿梭在成人的世界里，高耸的围墙里充斥着庄严肃穆的灰暗。她以一颗晶莹剔透的童心，亦步亦趋地跟随，小心翼翼地窥探。成人世界里晦涩的隐密，是她幼年时光里永远无法破解的生之谜语。

她的生活轨迹狭窄而单一。她没有分享秘密的同伴，也没有可以无所顾忌追问一切的长辈。她把一切的困惑锁在自己的脑海中，用孩子的心灵，思索着成人世界的问题。残缺的幼年生活，使得她的精神和肉体一起，不停地漂泊，找不到归依。

在萧红的作品中，我们看到她罗列铺陈了种种阴森恐怖的人生状态，她用文字对阴暗的人性进行着不断地鞭斥和拷问。她的一生都在试图重建一片温馨安定的精神家园，用以安放她孤独寂寞的当下，和不能再追寻回来的童年。

萧红幼年的时候，父亲和生母一直是不赞成她上学读书的。在他们的观念里，女孩子不该抛头露面，而应待守于闺中，安分守己，勤谨持家，做个大家闺秀，再等待时机，觅得佳婿，光耀门楣，图得一世安稳。

而早已被祖父的《千家诗》开启了心智的萧红，如何能被封建的牢笼困守得住。诗歌里展示的明净、唯美的境界，以及儿时对呼兰河对岸那一片未知的神奇世界的向往，冥冥中的一切都在不停地向她呼唤，召引着她一路向前，她小小的心灵变得无比地坚毅果敢。她坚信她的未来，一定要走出去，看看外面的世界，做回最真实的自己。

终于，九岁的萧红得到了入学读书的机会。1920 年，五四新文化运动的风气传到呼兰，呼兰的小学校开办了女生部，担任小学校长的父亲便把她送进了离家最近的龙王庙小学读书，四年之后，她又升入了县立第一初高两级小学。由于受到祖父以古诗为主的启蒙教育，萧红从小就具备了良好的文学基础，而对于得来不易的学习机会，她更是如获至宝，备加珍惜。因而在那个时候，萧红在文学方面已经初露天赋。

走出封建大院的萧红，脱离了陈旧思想的束缚，置身于一片全新的天地。她很快便融入到学校的生活中，如饥似渴地汲取着知识，尽情地呼吸着自由自在的空气。她不再沉默寡言，也远离了固执偏激，在新的环境里，如干涸的土地得到了细雨的润泽，她从精神到肉体都勃发出久已迷失的生机。

萧红与同学们朝夕相处，一起学习知识，组织集体活动，他们是一个热情激荡的群体，周遭都散发着蓬勃的气息。她改变了固有的视角，直面惨淡、悲壮的现实，更深层次地触摸到了社会的真实。直视着民族的危难和时代的悲怆，属于她自己的那些细小的困窘和痛楚，早已经变得微不足道，不屑一顾。

她生命的过程经历了漫长的缄默和沉寂，避开尘世的侵蚀，在黑暗的深邃中孤独地蛰伏。如同层叠压抑在泥土中，沉睡了千百年的种子，被岁月的风雨重复地锤炼，经久地磨砺。此刻，期待已久的花期终于如约而至，冲破了那些冷漠和坚硬的禁锢，生命中原始的力量喷薄而出，她悄然地绽开了瓣蕊，吐露出惊世的芬芳和艳丽。

现实难得地顺遂了心意，日子便也在不经意间匆匆地流逝。时光的脚步悄然地跨入了1925年。彼时的萧红，还是个小学生，正经受着最初的革命思想启蒙。这一年，在上海发生了震惊中外的"五卅"惨案，全国各地因此而掀起了反帝爱国的狂热浪潮，北疆小城呼兰也席卷其中。

时代的大潮狂澜汹涌，每一个有良知的国民，都群起而追随，莫不热血沸腾。萧红同样怀揣着神圣而庄严的革命理想，第一次参加了学生运动。她和同学们一起，勇敢地上街游行、示威，并参加了为死难工人组织的募捐和义演，声援上海工人和学生的爱国斗争。

萧红置身于激烈的运动游行中，如傲霜的秋枝，经受着风雨的洗礼。狂热的震撼，惊悚的觉醒，一一地激荡在她年轻的心底。她深深地感受到了民族的正义和社会的责任，拯救国民的思想意识在她的头脑中初露端倪，继之汹涌而至。而她也因此与封建意识浓厚的家族之间起了更深的矛盾和冲突。

未曾经历过那样的一个时代，我们便不会有那么深切的体会和感知。自由和独立，对于一个在经济方面尚依附着封建家庭的旧时女子，是何等的珍稀和不易。走出小家庭的萧红，终究是未能完全地脱离封建制度的掌控和束缚。

小学毕业以后，萧红继续求学的愿望再次遭到了封建家庭的阻挠。读中学便要离开呼兰城，而在当时哈尔滨等地的大城市里，校园里已经逐渐兴起了开放的学风和新式的教育。父亲担心她继续抛头露面地外出求学，会惹出事端，败坏门风。于是，她继续读中学的请求遭到了父亲的拒绝，不得不辍学，留在了家里。

那个时候，父亲在她的眼里，成为了一只完全没有了人的情感的动物，冷酷而决绝，不留任何余地。整个家族里没有可以支持她的人，连慈爱的祖父在微弱的抗争后，亦无能为力，只剩下叹息。

然而，已经飞出牢笼的鸟儿，如何会甘心重新被圈圈。被禁足在家里的萧红，终日的抑郁可想而知。而缘起于幼时的叛逆和倔强的性格，却令她的反抗从未停止。经过了一年近乎沉默的抗争，父亲终于被迫妥协。后来萧红在她的散文《镀金的学说》里说："当年，我升学了，那不是什么人帮助我，是我自己向家庭施行的骗术。"

小小的骗术缘起于休学期间，一次难得出门的机会。萧红跑到呼兰县的天主教堂，请求当修女，教堂随即通知了她的父亲。面对着父亲的责问，她的态度无比坚决，如果不允许她当修女，她便去削发为尼。这骗术戳中了父亲的痛处。一个已经订婚的女子要去出家，或者投靠洋教，这在当时的封建体制里是一桩败坏门风的惊世之举。

在与父亲经年的对抗中，萧红第一次取得了微小的胜利。身为封建官员的父亲，顾及于家族的体面和自己的尊严，终于退让一步，不得不同意了萧红的请求，答应她去哈尔滨女子中学上学。

哈尔滨市南岗区，是一处著名的风景区，街道和建筑风格都富有浓郁的俄罗斯风情。宽阔、整洁的街道两旁，有郁郁葱葱的树木，树荫下面间隔地排列着西式板条长椅，供疲倦的行人小憩。这是一处相对安静的区域，无论外界的环境多么喧嚣嘈杂，这里的生活步调总是缓慢而优雅，走过春夏秋冬，每一个季节都是始终如一的安宁、静谧。

位于南岗区邮政街的哈尔滨市东省特别区区立第一女子中学，坐落在市中心一处环境优雅的俄式民宅区中。这是一所拥有比较先进的办学思想和开放气度的学校，在当时远近闻名，其前身是私立从德女子中学。

从德女中的校歌中这样唱道："从德兮，松江滨，广厦宏开，气象新，学子莘莘，先生谆谆。莫道女儿身，亦是国家民，养成了勤朴敏捷高尚德，方为一个完全人。"

从德，即为"三从四德"之意，是中国古代社会规约女子行为的标准。从德女中的校名中，直观坦白地透露出迂腐、老旧的气息，深重之气挥之不去。但其校歌却是颠覆了传统的旧观念，彰显出新式的教育风气。歌词中毫不避讳地申述了女子对国家和社会的参与，传达出意欲培养女性"完全人"的理想境界。这在当时的封建体制下，无疑是颇有创见的人才观念和富有力度的先进办学理念。

1927年秋季，萧红与父亲抗争成功，顺利地考入了这所学校。此时的萧红，终于完成了维系她幼年时期的朦胧心愿，她的脚步探寻到了呼兰河对岸的世界，这是她儿时曾洒落无限向往的目光，并且数度流连、暇想过的神秘地方。她如愿以偿，走出呼兰小镇，奔赴远方。

第一次走近国际性大都市哈尔滨，萧红的眼中欣喜地接纳着不同的景致，无数新鲜的事物自眼前缤纷而过，流光溢彩，琳琅满目。周遭处处洋溢着的时尚气息，与呼兰小镇闭塞凝滞的氛围完全迥异。不曾见识过的生活方式，精致，细腻，狂放，含蓄，这些都带给萧红无比的喜悦与满足。

进入哈尔滨女中之后，民主和自由的气息更是扑面而至，萧红深深地被吸引，陶醉其中，不能自已。她的任课老师中，有好几位是来自北平和上海的大学生，如美术教师高仰山毕业于上海美专，体育老师黄淑芳毕业于上海两江女子体专，历史老师姜寿山毕业于北京大学。这些老师都站在时代的前端，富有学识、思想新锐，他们使沉闷的校园洒满了清新蓬勃的锐气和朝气。

置身于激情浓烈的氛围，内心里渴求许久的一些东西，近在咫尺。萧红贪婪而近乎狂热地汲取着知识的滋养，接受着新鲜的事物。鲁迅、茅盾的小说，冰心的散文，徐志摩的诗歌，以及俄罗斯的小说等，都让萧红沉醉着迷，目不暇接。

优秀的文学作品，前卫的思想意识，熏染了一颗久已沉沦于尘埃里的心灵。反对封建传统、抵制愚昧落后的新思想，在她的心里渐次地明朗。在懵懂中寻寻觅觅，在迷惘里千回百转，她终是于黑暗中看到了曙光，找到了她人生的方向。

生命短促，倏忽即逝，却总有一些亮处，光彩夺目，在走过的路上留下深刻的印记。萧红自幼便喜欢画画，到了哈尔滨，宽松的环境和优越的条件，令她更加着迷，醉心于此。萧红的美术老师高仰山在上海美专受过严格而系统的绘画教育，并且还热爱文学，兼管着学校的图书馆。

高老师不但系统地为学生们讲授绘画技法，而且从上海带给她们"普罗"的艺术气息。并且，每逢节假日，还带学生到松花江两岸写生。这种浓郁的艺术气息感染着萧红和她的同学们，也使得她对绘画有了更深的兴趣。这位日后名满北满的著名画家在绘画和读书方面，都给了萧红不可或缺的指导和影响，令她一生感念不已。

骆宾基在《萧红小传》里有过这样的描述："这是一条展现在她面前的美丽的道路，那道路是朦胧的，有烟雾似的……灰天、绿树之间，有一个人挟着调色板和画架子，在这条路上走着，那就是未来的自己，一个女画家呵！这幻想给了她温暖和生命。"

这些文字记录了萧红对绘画的挚爱，在她的生命中，除了文学，还曾经有过一个关于画家的梦想，并且一生的憧憬和追求都不曾停息。她在后来逗留北京、上海和日本期间，也都念念不忘，想重新拾起这个美丽的梦想，然而，世事纷扰，时势动乱，萧红终究未能如愿。

　　在中学时代，另一位对萧红在文学方面有过深刻影响的是她的国文老师王荫芬。王老师不但经常把鲁迅等作家的文章介绍给学生们，还开风气之先，把白话文带进了课堂。在老师的引导下，萧红大量阅读了鲁迅、茅盾、郁达夫、郭沫若等新文学作家的作品，还有莎士比亚、歌德等外国作家的作品，她的文学底蕴日益深厚，只待日后厚积薄发。

　　文笔出众的萧红，经常会写一些散文和诗歌在校刊或黑板报上发表。1930年初夏，在学校组织学生们出游吉林之后，萧红在校刊上发表了《吉林之游》组诗，署名"悄吟"。这也是她后来常用的一个笔名。

　　中学生活，多姿多彩，开启了萧红一生的启蒙和最初的梦想。生之喜悦弥漫了她的生命，曾经的憧憬变为现实，而幸福，迅疾得令她来不及听见回响。一份勇气，一份激情，携带着少女时期纯净而执着的梦想，她向着远方，绝尘而去，没有丝毫的流连和惆怅，走得义无反顾。

第三章
叛逆少女

　　"那样的家我是不能回去的，我不愿意受和我站在两极端的父亲的豢养……"

——萧红《初冬》

　　风拂过枝头，丝丝缕缕，馨香淡淡，吹开了花的芬芳，惊觉了叶的缠绵。温和的气息随之漫延，拥握了万物，抚慰了尘寰。世间种种，遂拥红叠翠，芳华无限。风行的痕迹，若隐若现，丝竹轻盈，不经意地，便茌苒了锦瑟流年。

　　某个瞬间，于匆促的行程中稍稍驻足，回首逝去的日子，看世事洞明，天地阑珊。音至无声，象极无形，方寸之间，世界恬静宛若一幅画卷。或水墨清淡，温婉如诗，或灵秀俊逸，杳无尘烟。置身于幻象之巅，恍惚间穿越了时空，回眸淡看，已缱绻千年。

　　时光流逝，杳如云烟，少女的情怀在流年岁月里倾伏婉转。哈尔滨的中学时代，该是萧红一生中最为闲适、安稳的日子。那段时光里，她彻底地摆脱了所有的束缚，自如地张扬着她的个性，随性而为，如沐春风，生活过得简单而惬意。

　　初踏入校园的萧红，对一切都充满了新奇和渴求。在同学们的眼里，这个叫张廼莹的女子，性格安静沉稳，喜欢独来独往，不善与人交流，一双大眼睛总是沉默地审视着周围的一切，些微的冷淡中却也透露出心底掩饰不住的激扬和热情。后来，萧红认识了沈玉贤和徐淑娟，三个人成了最好的朋友。

女孩子之间的友谊单纯而热烈。三个女子都是性情直爽，脾气固执而偏强。她们喜欢按照自己的意愿做事，对学校束缚女生的行为极为反感，对腐败的社会现象更是愤慨不平。相似的性格，共同的爱好，维系着她们的友情，纯洁，干净，不掺杂任何世俗的功利和目的。

萧红和她的同学们，在新的校园里，耳濡目染着学校新式的教育思想，被时代的变革感染和熏冶，女性意识在她们尘封的心底逐渐地复苏。她们不再甘愿困守在家里，做一个传统的贤妻良母。她们渴望象鸟儿一样自由地飞翔，向往着外面更广阔的天地。

她们是一群正值妙龄的女子，在阳光下绽放着青春和生命，坦荡、鲜活。她们才华横溢，冰雪聪明，对生活有执着的追求，对人生也有了独特的领悟和思索。在男权的社会里，她们保持着矜持和骄傲，努力地学着做回自我。她们站立成了树的形象，却似藤条般柔韧顽强地生长，将藤的触须伸向空中，自由地触摸着天空中阳光和云朵的模样。

于是，她们勤奋学习，拒绝暧昧，她们不谈恋爱，而只愿意和有头脑的男孩子做志同道合的朋友。并且，在外形上，她们也尽力"男化"，把头发剪得极短，有意无意地按照男性的意识和思想来塑造自己，呈现出了一些男性化的倾向。

她们冲破了旧的习惯，努力使自己成为追逐时代脚步的新女性。这种由她们自己形成的独立自由的风气也贯穿于她们的日常生活中。她们敢作敢为，倔强自信，有张扬的个性和超群的勇气。她们做事情勇往直前，敢于尝试，勇于担当，象男性一样不肯服输。

看过一张萧红1931年在北京读书时的照片，短发索性直接剪成了男式的发型，并且穿了西装，手插在裤兜里，站成男人的姿势，严峻的面庞不乏英气与果敢。这是新式教育赋予她们的一个标志，也是她们对封建传统思想的一次彻底的颠覆。

剪了短发的萧红再次回到呼兰小城，走在大街上，整条街道的人都报之以奇异的目光，如同围观一个异类。张家已经订婚的女儿求学归来，居然做出了如此出格的举动，人们的各种议论迅即如潮水一般漫延包围了她。

对此，萧红毫不在意，她坚信自己没有做错，她要以自己微弱的力量，对那些陈旧的世俗还以痛击。第二天，萧红不顾家人的劝阻，故意拉上几个女同学，穿着时尚的白上衣、青色的短裙，专门到街上去向围观者们"示威"。她们以挑战者姿态，迎着那些委琐的目光，傲然地从南街走到北街。一路行来，她们满怀着喜悦，享受着叛逆的胜利感和成就感，完全无视周围人的议论纷纷。

在遥远的家乡小镇，对于封闭保守意识的忤逆，只是萧红她们新潮思想的小小展示，女学生们的叛逆精神在学校里更是展露无遗。当年的校长孔焕书，毕业于吉林省女子师范学校。她的办学宗旨，既吸取了欧美新式的教育思想，又继承了中国旧式传统的私塾教育，二者交错存在，互为依托。

因此，在孔校长治理下的东特女一中，虽然在教学方面相对宽松，融入了改革的元素，但同时也极趋奉于当时的资产阶级家庭，在管理学校方面因循守旧，传统而专制。在学校里，除了节假日，学生们一律不允许外出，也不能随便会客或者接外来电话，甚至来信也要被拆封检阅。

这些清规戒律，深深地钳制了学生们的身心自由。他们的日常生活处于校长严格迂腐的治理方式下，很多时候便如困在笼子中的鸟儿，得不到自由的呼吸。女学生们已经接触了新式思想的启蒙，自然对这样严厉的举措异常反感，不免觉得孔焕书治下的学校门禁森严，被她们形容为"密封的罐头"，她们还私下里给校长起了绰号，叫"孔大牙"或"孔大包牙"。

已经飞上了天空的鸟儿，便很难再被束缚住翅膀。姑娘们的逆反远不止于这些，她们的勇气和胆量更表现在课堂上。对于那些思想守旧的教员，她们常常会直接地给以顶撞。比如，对于教刺绣的老师的陈旧论调，她们当面斥其为"奴心未死"。而对于有些在授课时随意侮辱学生尊严的教师，女生们更是没有丝毫犹豫，群起而抗争。

有一次，在萧红的班级讲授公民课的于嘉杉老师，因为揶揄学生而激起了众怒，她们愤而决计报复。在下一次授课的时候，学生们以自己的方式，集体对他进行抗议和质询，他气急败坏，却又无可奈何。

这次的事件愈演愈烈，几乎闹成了学潮，后经学校训育主任出面调解才平息下去，学生们的抗争取得了小小的胜利。她们对抗老师的方式，我们姑且不论，但她们渴望独立、维护尊严的要求却勿庸置疑。

生活在 20 年代末的中国，便注定是逃脱不了动荡不安的岁月。当时，日本对中国东北觊觎已久，虎视眈眈，妄图侵占的野心已然显露，而一些频繁发生的政治事件，更是不时地惊扰着生活在象牙塔里的莘莘学子。他们不能再象从前一样，不闻世事，安心于学习。他们懵懂地觉醒，稚嫩地行动。初涉世事的年纪，让他们已经开始思索，关注着国家的存亡和民族的命运。

在这种情势下，萧红和她的同学们，群情激昂，热烈地期待着有机会能投身于反日救国的运动中。1928 年，日本军方制造了"皇姑屯事件"之后，继而又提出在东北强修"五路"，昭然若揭的野心激起了东北人民的强烈反抗，各地的示威游行活动此起彼伏。萧红和同学们也踊跃地参与了"一一·九"运动，与哈尔滨大中小学校的学生们一起，集体罢课，上街举行游行示威。

时代的浪潮席卷于此，每一条溪流都奔涌而去。第一次参与这种活动的萧红，对于具体的目的和性质，她其实并不明了，而对于结果更是无从知晓。是国民危难的现实和民族意识的觉醒，激起了少年们爱国忧民的狂热和冲动，促使她和同学们不顾危险，奋力争取，一路向前。

游行的过程给予萧红更多的是刺激而新鲜的经验，后来，她在散文《一条铁路的完成》中，关于这次游行，作了这样地描述：在游行中"凡是我看到的东西，已经都变成了严肃的东西，无论马路上的石子，或是那已经落了叶子的街树。反正我是站在'打倒日本帝国主义'的喊声中了"。我们可以看出，那个时候的学生们，虽然幼稚迷茫，却是胸怀着怎样一种报国无门的热情。

每一位游子，在心底最深处，都会珍藏着一处永远的栖息地，那是灵魂最初和最后的皈依。对家的依恋，情至缱绻，绵远悠长，却是小心翼翼，不敢轻易碰触。离家的女子，无不渴望着家的牵系。而对于萧红来说，回家，却是一种无端的难堪和折磨。当年的离家，她不是挥别，而是逃离。

在学校里，每一个假期的如约而至，都会令她避之不及，却无可逃避。她的同学们都是十几岁的少女，第一次远离家门，在外求学，自是思乡情切。而临近归期，洋溢在她们脸上的幸福笑靥，花朵般绽放，映衬得她愈加地落寞孤寂。

避开喧嚣和欢乐，她一个人走在校园里，孤单地徘徊，周遭的空气令人窒息。仰望着天空，看云淡风轻，飞鸟掠过，心中的苦闷层叠堆积，却无处倾泄。内心深处荒凉而空旷，如同校园里那些静立于冬日里的树木，没有了叶子，伸展着的枝桠，清瘦得只剩下几许轻浅的叹息。

　　假日前夕弥漫在整个校园里的快乐，于萧红是永远都无法企及。在她的家里，没有温暖亲情的环绕，也没有被父母亲期待着的温馨甜蜜，家给予她的只有冷漠和隔离。在那个小城里，她只有祖父和后园子，曾经给过她爱和温暖，承载过她不可替代的童年。那是她关于家的全部记忆，也是心灵深处唯一的慰藉。

　　而祖父却是老了，他不再是那个可以牵着她的手，教她念诗，或是背着她，带她在后园子里玩耍的慈爱老人了。关于祖父，萧红曾经这样描述："我出生的时候，祖父已经六十岁了，当我长到四五岁时，祖父就快七十了。我还没有长到二十岁，祖父就七八十岁了。祖父一过了八十，祖父就死了。"

　　而后园子里的蝴蝶、蜻蜓和小黄瓜、大倭瓜们，也早已离她远去，属于它们的缤纷世界里，已经容纳不下她生命的全部。恣意地宠溺着她的祖父，还有那些关于童年的遥远的记忆，随着岁月的流逝，无声地远离，沧桑的背影中满是被岁月磨蚀了的痕迹，阳光下若隐若现，斑驳陆离。

　　读中学的日子，萧红是快乐的，而快乐的时光却总是易逝。转眼间萧红到了十八岁，已是旧时女子谈婚论嫁的年纪。在哈尔滨参加游行的时候，她有机会结识了一些外校的优秀男生，开放的风气也令她与他们有过一些交集。而在呼兰小城，这却是大逆不道、有损门风的事情。时任黑龙江省教育厅秘书的父亲为了家门的体面，便由其六叔张廷献保媒，父亲作主为她订下了一门亲事。

　　父亲为萧红订下的未婚夫是哈尔滨顾乡屯的汪恩甲，毕业于吉林省立第三师范学校，相貌堂堂，颇有风度。汪恩甲当时在三育小学任教，哥哥是三育小学的校长，父亲是顾乡屯的一个小官吏，与萧红算是门当户对，才貌相齐。在当时的情势下，起初萧红对他颇为满意，曾以为她的一生终于有了一个暂时的归宿。

而日渐衰老的祖父，在欣喜着孙女不断成长的同时，他的生命也在一天一天地枯萎、困顿。他的记忆开始迟钝，神智也有些模糊。他变得喜欢流泪，忘记了生活里许多重要的事情，有时却又无端地忆起遥远的曾经。

寒假里，萧红仍然陪着祖父，睡在祖父的身边，看着祖父干枯凹陷的脸和嘴唇，想着小时候祖父对她无尽的爱抚，她一次次地哭泣、流泪，却无能为力。她第一次真切地感觉到生命的脆弱和无助，她觉得，"我若死掉祖父，就死掉我一生最重要的一个人，好象他死了就把人间一切'爱'和'温暖'带得空空虚虚。"

再回到学校的萧红，对家里多了一丝牵挂。三月份她回家看望了祖父。而她并不知道，这一次的告别，便是她与祖父的永诀。这次的探望留在她记忆里的除了痛楚，便几乎是空白，而唯一清晰的只是刚进家门和仓促离开时，祖父闪现在玻璃窗里的脸的轮廓，比之前更加的惨淡苍白，眼睛里隐含着深深的眷恋，在她走出大门之后，被门扇隔断。

再次回家，她看到的是门前挑得高高的白色幡杆，白色的对联，院心扎好了灵棚，喧闹的人群，面色凝重。还有吹鼓手们的喇叭，在风中怆凉的悲号。玻璃窗里已经没有了祖父的脸，祖父安静地睡在堂屋的板床上，而后园的玫瑰花开满了一树。

世间再也没有了祖父，她偏僻的人生里，从此只剩下凶残，没有了丝毫怜惜和温暖。祖父的死带走了她对那所宅院最后的一丝依恋，家对她不再有任何牵念，变成了一个空空的躯壳，模糊的概念。

她用祖父的杯子喝了酒，站在玫瑰树下，心在震颤，十年前祖父的笑容宛在耳边，十年后她却一无所有。回忆着数年来与父亲的对峙和争端，她想到了逃离，她要到人群中去，而人群中，也不会再有她的祖父。

哈尔滨的都市气息给了萧红自由的呼吸。学生运动的热烈激昂，亦掩饰不住少男少女们萌动的心绪。有一位儒雅帅气的男子，静静地走进了她的世界，与她琴曲共鸣，心音相和。他叫陆哲瞬，是哈尔滨法政大学的学生，也是她的一位远房姑表兄弟。在萧红的眼里，他学识渊博，对新生事物见解深刻，她对他产生了朦胧的情感。而陆哲瞬也对萧红心生爱慕，他极力鼓动萧红与他一起到北平读书。

当时的北平是新文化运动的策源地，这对于一个有新潮思想的年轻女学生，自然是巨大的诱惑，令她无限神往。而萧红在与汪恩甲订婚之后，竟逐渐发现了他身上的一些纨绔习气以及庸俗的气质，并且还有抽大烟的恶习，她心里对这个男人的厌恶日渐滋长，对于这场包办的婚姻也开始抵触。

追逐自由的潮水一旦决堤，便汹涌激越，成为不可阻挡之势。萧红注定不是一个凡俗的女子，封建的宅院锁住了她的童年，却无法停止她少年时期奔赴璀璨未来的脚步。反抗、挣脱、逃离，她穷尽一生，都在努力地奔跑，无暇顾及前方的路是坦途或是艰险。

第四章
世事变迁

也许是快近天明了吧！我第一次醒来。街车稀疏地从远处响起，一直到那声音雷鸣一般地震撼着这房子，直到那声音又远地消灭下去，我都听到的。但感到生疏和广大，我就象睡在马路上一样，孤独并且无所凭据。

——萧红《过夜》

走一段路，听一首歌，撷一缕阳光，渲染一方春色。看世间风景，缤纷妖娆，繁华万千。各色的景致，缘起于不同的心念。每一位行者，细细地描画着各自的脸谱，盛装上演着既定的剧目，一个个角色，于激昂和凡俗之间，频繁地转换。

而时光如水，汹涌而来，再华丽地流走，若白驹过隙，倏忽而已，不留痕迹。当瞬息之间，风云变幻，谁能够预先知道下一秒钟的狂热或舒缓。人们总是在匆忙之中，忘却了时间，忽略了生命中原本应有的璀璨华年。而被遗落了的光影，却固守着平和的步履，且行且驻，一路安然。

时光的河流奔涌而去，无论委婉，或是湍急，人们都只能循着既定的轨迹，一路行去。不能重复，不许回顾，也无须抱怨或者感激。

风行时一路矜持，水穷处便坐看云起。一朵花里盛开着春天，迷雾深处或许会隐藏着蓝天和绿树。

每一个走路的人，都渴望着遇到和风丽日，从容坦途。每一条路的尽头，都希望会是生命的温情归宿。而生活却从不会是预想中的安然美丽，当一身负累，独立于荆棘丛中，却仍是倔强地抬头，仰望着蓝天。匆匆而过的人群中，有谁会在意曾经轻盈的脚步，已于转瞬之间，变得凌乱不堪，沉重如斯。

沉浸在初恋的甜蜜里，有哪一个女子，还可以做到宠辱不惊，从容自如，拥有如常的安静和理智。她们的眼睛被繁华蒙蔽，看不到绚烂光环下的阴影，心亦沉醉到物我两忘的境地。在萧红的心里，爱上这个男子，便早已经不知世间风雨为何物。

或许陆哲瞬，并不是世间优秀的男子，也未必是她心中真爱最美的归依。只是在那一刻，山水往复，穷途末路，她的眼睛里，所有的风景都悉数褪去。乱石丛中，荒草凛凛，荆棘密布，唯有他的身影，自纷乱世事中脱颖而出，披风破雨，挺拔屹立。顷刻间，他占据了她的全部。而她亦安心地将自己的未来，维系于此。

拥握着梦幻般的美妙恋情，萧红几乎将汪恩甲弃之如敝屣。从前的种种，些许情意，也早已被逐渐衍生出的厌恶与不满所遮蔽。她萌生了解除婚约的念头，并且告之于父母，也表达了自己在初中毕业后想到北平继续求学的心意。对此，父母的反应可想而知，大为震惊，暴怒不已。

封建守旧的父亲怎么可能答应这样无视世俗、超越常理的要求，萧红当初参加学生运动就已令他震怒不已，他更不允许张家的女儿再做出如此的丑事，忤逆家庭，伤风败俗。他以封建家长的身份和威仪，严厉地斥责女儿，要求她毕业后立即回家，早日与汪恩甲完婚。

旧时代的女子，完全依附于家庭，根本没有独立生存的能力。萧红知道，若是执意与父亲抗衡，叛离家庭，与整个家族决裂，最终的结局便是失去经济来源，流落无依。因此，当她与家庭的关系再一次恶化，她陷于了深深的苦闷之中。

而此时，为了坚定她逃脱家庭的决心，陆哲瞬已先于她退学，到北平就读于中国大学。追随初恋，还是屈服于家庭，萧红陷入了两难的境地。左手是顺从安逸的生活，右手是向往已久的自由与幸福，何去何从，她苦恼不已。那段时日里，她常常失眠和哭泣，也无心上课，独自躲在宿舍里借酒浇愁，并且还染上了抽烟的习气，在酒精和烟雾的刺激下，她艰难地开始选择着自己的人生道路。

她不想自己的未来沉落在另一个如童年时代一样封建闭塞的家庭里，她知道，按照古老而传统的满洲习俗，嫁入汪家，她必须做一个举步轻摇的大家闺秀、唯唯诺诺的贤惠儿媳，忍耐顺从，伺候着公婆，仪态万方，不越雷池一步。

而萧红的性格，终于还是摆脱不掉与生俱来的倔强和逆反，面对困境，她从来都是不肯屈从，不愿服输。在那个新旧思想交替的年代，她们这些爱好文学的女子，往往模糊了艺术与生活的界限，热衷于以文学艺术中的形象来塑造自己。而易卜生笔下的娜拉无疑是那一代新女性崇尚的形象，于是，许多女子群起效仿，纷纷离家出走，追逐自由与梦想。

时间不会因为她的犹疑而放慢脚步，萧红很快便临近毕业。父亲亲自赶到学校，以无可辩驳的语气和尊严，要求她立即回家，嫁入汪家。最终的选择迫在眉睫，在徐薇等众多好朋友们的热情鼓励下，娜拉式的浪漫逃离终于占了上风。她决意出走北平，跟随表哥逃婚，去追逐梦想中的文化圣地。

这一次，渐谙世事的萧红已经明白，不是所有的抗争都必须要强硬的对峙，她要生存，何不为自己留下些许余地。于是，她选择了迁回的方式。先是假意妥协，同意父亲的安排，准备与汪恩甲结婚。之后，她以此从家里骗出了一大笔钱，伺机离开了哈尔滨，直奔北平而去。

这是萧红第一次离家出走，她并不知道，从此，她踏上的会是怎样一条凄风苦雨、飘零动荡的人生之路。在黑暗中奔波、游移，她终于抓住了瞬息之间的一丝光亮。北平有她心仪的初恋，还有她无比向往着的浓郁的文化气息。挣脱了羁绊，她渴望着飞奔而去，如同鸟儿向往着森林繁茂的荫蔽。这一次，她确信她是奔向了生命中幸福的终极。

在踏上南下的火车那一刻，于萧红才是轻松愉悦的极致。她完成了她的逃离，站在幸福的云端，俯瞰着大地，看峰峦叠起，沧桑万物，岁月静好，安之若素。徜徉在美妙的憧憬里，熙熙攘攘，皆为景致。车厢里拥挤的空间，洋溢着洒脱放纵的气息，而火车的轰鸣声，也如天籁般的悦耳神奇。

避开列车上的纷繁喧嚣，安静地依在车窗前，看那些恍惚而过的瞬间画面，云烟环绕，百态横生。放纵着思绪，任凭身心沉醉在风景里。那些苍翠的葱茏，完美的绽放，深刻地诠释了瞬息与永恒。她的心情，纯净如水，在嘈杂与轰鸣中，以最初的姿态，奔赴着臆想中的光明。

在北平的火车站，迎接她的是陆哲舜热情的眼波里流转着的欣喜。他们凝视着彼此，四周的喧闹渐渐地淡去，世界瞬间归于平静，他们的眼中只剩下自己。经历了长久的期盼，沉重的压抑，蹉跎了几许岁月，细数了多少日子，他们终于可以牵起手，无拘无束地守候在一起，没有顾忌，无所畏惧。

到北平以后，萧红进入女师大附中上学。她与陆哲舜在二龙坑西巷租了一处四合院，院子里清静宽敞，栽着两棵枣树，还有一道低矮的花墙，微风拂过，花香馥郁，枣香甜腻，小院的环境幽雅静谧。在这里，萧红第一次享受到了生活的安宁与舒适。

平日里，她和陆哲瞬各自出门，放学后在小院里相聚，两个人相安无事，感情甚笃。只是，萧红从家里带出来的钱款很快用完，他们的生活只能靠陆哲瞬家里寄来的生活费维持。不过，他们虽然在经济上稍有拮据，但精神上的愉悦却是无可匹敌。

而每到周日，他们的小院里，更是胜友如云，谈笑鸿儒。李洁吾等好几位在北平的哈尔滨中学校友，周末会到这里小聚，大家谈论的内容海阔天空，没有拘束。每每聊得兴起，总得要听见打更人的梆子声，才踏着月色，阑珊归去。

不久之后，由于经济上的困窘，他们两人不得不结束了独享小院的日子，搬到了外院的两间屋子里居住。但这丝毫没有影响到两人的快乐心情，到了冬天，他们生起了炉子，与朋友们围炉赏雪，用雪水煮红枣吃，并美其名曰"雪泥红枣"。自由的日子仍是过得有声有色，乐趣无穷。

便是在这样苦中作乐的日子里，萧红第一次穿越了死亡的迷雾。那一次，朋友们来访，大家在一起闭门围炉闲谈。突然，萧红毫无预兆地昏倒在地，慌乱中，有人意识到可能是煤气中毒。于是将萧红抬至院中，经过一番忙乱的抢救，她才终于苏醒过来。

很多时候，一步之遥，微小的距离，却隔断了生与死的路途。其实童年时期的萧红，就已经看惯了生死。在她的眼里，张家宅院的房客们，还有呼兰小城那些贫困的街坊邻居，他们日日都挣扎于死亡的边缘，生无所息。

然而，这一次的死里逃生，却是她的亲身经历，不同于往时。她一个人，游走在生死的极限里，沉沦、恐慌，深不见底，她抓不住光影，看不见自己。游移于生死之间，她几乎要放弃。这是她关于死亡最初的体验，刻骨铭心，一生都不曾忘记。

一个如此热爱生命，渴望生活的女子，如何不流连桃源风景，撷春风，沐秋雨，沉醉于自由浪漫的空气。以致于后来，再谈到死亡，萧红说："我不愿意死，一想到一个人睡在坟墓里，没有朋友，没有亲人，多么寂寞啊！"对亲情的向往，对寂寞的畏惧，是她与生俱来的本能流露。对于生命，她何其珍惜，而爱和自由，更是缠绕了她一生追逐的脚步。

沉浸在爱情的幸福和自由的喜悦里，萧红并不知道，她的这一次娜拉式的出走，不辞而别，给封建家庭带来了怎样沉重的打击和压力。父亲性情迂腐，半生为官，极为看重声誉。而萧红的行为，不仅让他失了官职，颜面扫地，也成为整个县城街头巷尾的热议，张家经营多年的清白门风，由此一败涂地。

而萧红远在顾乡屯的夫家，同样不能接受她离家出走、与人私奔的事实。他们觉得这个女子胆大妄为，败坏门风，断不能娶进家门。于是，汪家的长兄向张家提出解除婚约的要求，此举无疑于雪上加霜，令萧红的父亲难堪至极。于是，父亲决意追踪和寻觅萧红，欲以家法处置。

后来，父亲经多方打探，终于得到了萧红的信息。那个时候，张家毕竟算是颇有权势，而对于怂恿女儿出走北平的陆哲瞬，是自然不会轻易放过的。萧红的父亲找到陆家，不断地对其施以压力。而得知此事的陆家也觉得颜面尽失，他们千方百计地找到儿子在北平的住所，苦苦相逼，催促儿子回家。

家里的态度越来越严厉，步步紧逼。开始，陆哲瞬并不在乎，依旧和萧红一起，过着悠然自得的日子。直到父母苦劝无效，索性对他停止了经济援助。此时，这个过惯了闲适生活的富裕公子，才受到了沉重的打击。

　　他们没有钱再支付学费和房租，不仅读书的幻想瞬间破灭，连吃饭和穿衣都成为不可逾越的难题。萧红逃出哈尔滨时正值盛夏，因为匆忙出走，没有多带衣服。如今，冬天到了，北风呼啸，雪漫大地，凛冽的严寒席卷了京城。而他们已是衣不御寒，食不饱腹，往日的和煦欢乐早已荡然无存，小小的院子里愁云密布。

　　面对困境，陆哲瞬先是有所动摇，而萧红的态度却异常坚定，她绝不愿意再回到那个封建家庭里去。但日复一日，生活的窘迫却让他们不得不屈服，虽然同乡好友们借了钱给他们添置冬衣，但一日三餐却是他们必须解决的问题。

　　所有美妙的幻想都变成了空中楼阁，初时的追求亦如海市蜃楼般消逝遁迹。他们已经别无选择，也没有心思顾及其他，解决最基本的生存问题，已经成为了他们生活的全部目的。正如鲁迅在题作《娜拉走后怎样》讲演中说的："梦是好的，否则，钱是要紧的。"两个人商量，只能缓和了态度，决定一起回到陆家，说服父母亲同意他们的事。

　　她原本以为，退后一步，便会海阔天空，生活可以从容地继续。艰难的境遇，已让她不再介意未来是否做一个困守于家庭的主妇，她愿意把陆家当作她生命中最后的归处。而生活却是一波三折，从来不会径情直遂，顺从人意。

　　或许萧红的一生，自童年开始，身体和灵魂便早已经注定了一世离落，漂泊无依。单纯的她，天真地爱着陆哲瞬，盲目而热烈。她欣赏他生活中的儒雅风度，游行时的果敢坚毅，却从未问及他的家庭，不知道他有怎样的过去。

　　而这一次的追随，她并不知道，等待她的会是怎样的晴空霹雳。令萧红绝然没有想到的是，踏入陆哲瞬的家门，她看到了两道诧异的目光。短暂的惊异和迷惑之后，她热烈的激情骤然间冷却，心沉入了

深深的谷底。

聪慧如她，恍然间已全部明了，那是陆哲瞬的女人和孩子。她的目光迅疾地转向他，犀利的置疑中，饱含着委屈和愤怒。对此，陆哲瞬并没有过多的解释，在那个男子可以三妻四妾的男权社会里，他觉得自己娶两个妻子是很自然的事情。

倔强的萧红转身离去，没有再多看一眼那个她曾经心仪的男子。爱的火焰于瞬间燃尽，她对他剩下的只有鄙夷。逝去的爱情幻化为绝美的泡沫，转瞬间便碎裂得没有了踪影。这一条路，她走得如此辛酸而清明，路的尽头却与起点重合，命运给了她一个最离奇的承诺。

哈尔滨冬日的街头，寒风凛冽，冰雪肆虐。无家可归的萧红，茫然地徘徊在雪地里。离开了陆哲瞬的视线，她不再需要坚强的伪装，放纵心情，任泪水汹涌着忧伤。暮色中的身影，孤单、倔强，凌乱的脚步，写满了苍凉和无助。

匆匆路过的人群，没有人会注意到独立于黄昏中的这个女子。而她的初恋，就这样如云烟缥缈，随风而逝，寂寞得没有一丝声息。

第五章
生存游戏

有外国人走进来，那响着嗓子的、嘴不住在说的女人，就坐在我们的近边。她离得我越近，我越嗅到她满衣的香气，那使我感到她离得我更辽远，也感到全人类离得我更辽远。也许她那安闲而幸福的态度与我一点联系也没有。

——萧红《初冬》

孤独的灵魂，无休止的漂泊，都是缘于微小的力量，交集了内心盛大的渴望。前行的途中，时有云雾迷蒙，层峦叠嶂。灰色的羁绊，如影随形，捆缚了心灵，阻滞了前进的脚步。当弦断尘埃，朱丝难系，满园的春色已无处寻觅。黑暗的泥泞中，纵是情深如许，却不知终将归于何处。

而生命，依次地经历着绽放，盛极，枯萎，凋落，循环往复，永不停息。山重水复，行至尽处，便只有华丽地蜕变，在黑暗中蛰伏，等待着疼痛过后，破茧而出。当曙光乍现，云雾散去，阳光温婉地洒落一地，便抛却过往，丢弃阴霾的情绪，装点着笑容，重新上路。

撷一路风景，修复破碎了的心情。一路向前，不曾退让，哪怕是走得跌跌撞撞。看风行云端，水漫江湖，淡闻飘絮，浅酌落英。穿越时光的迷藏，无视岁月的风霜。沧桑的心蕊历经了变迁，渐变为坚硬，已不再是薄若浮云，脆如蝉翼。

　　萧红的一生都行走在路上，她短暂的生命，辗转绵延了无数个城市。她的漂泊自少年开始，那一次青涩懵懂的叛逆，逃离之后，便永无休止。从此，在每一个路口，她的抉择都是坚定不移，不留余地。而每一次的离去，她也须拼尽了全部的力气，不留余地。

　　走过一条路，终结一段情，徒留一份殇。每一次的相遇、开始、狂热、落幕。每一次都是繁华落尽，周而复始。风吹过，落叶凄迷，薄凉的气息直入心底。回眸望去，一片荒凉，遗落于地，散碎得令人无从捡拾。

　　她是民国的才女，她是女人中的异数。她从来不是傲立于湖水中央，精心梳理着羽毛的高贵天鹅，在寒风雪雨里，她是佝偻的野草，在寸土的裂缝里竭力生长。然而命运总是让她深深地陷入孤独和无助，她挣扎、纠结，却容不得悔恨或是哭泣。她只能努力地抗争，安静而沉默的表情里，传递着无声的坚毅。

　　萧红离开了北平，却无法再追随陆哲瞬，不是陆家容不下她，是她容不下那样的自己。何去何从，她已经没有了目的。站在风中，她只能诘问自己，一路走来，艰辛而疲惫，偌大的空间，如何竟没有了她的一席之地。

　　黯然回眸，追寻着那些逝去的日子。她能握住的，只有虚无。盲目的爱情，让她忘却了所有其他人生的要义。荒废了一年多的青春，竟只是迷惑于一个虚伪的面具。或许是对自己从小生活的家庭还存有一丝幻想的温情，抑或是，她真的已经是走投无路，在1931年的春节前，她不得不再次地回到了呼兰的家里。

　　或许，从离家出走的那一刻起，萧红与背后的家族已经逐渐地远离。而在这种困顿的情境下，重新回归家庭的萧红，自然是遭到了所有人的冷遇。无论是家人、亲戚，还是街坊、朋友，他们都报之以轻蔑的目光和冷淡的态度。而父亲更是把她送回了地处偏僻、交通不便的老家阿城县福昌号屯，不再允许她外出。

回到哈尔滨，萧红面临的，不仅仅是家庭的冷漠，还有汪家解除婚约的告诫，这对她无疑是难以言说的耻辱。汪恩甲并不是她理想中的夫婿，但在她失去了表兄的依靠，又被封建家庭抛弃而落魄时，他却是她唯一可以抓住的精神和经济上的支持。

接受过新式教育的萧红，自然是不肯轻易地屈从。她相信以自己的力量，她可以重新塑造这个虽然有些堕落、庸俗但却仍然爱着她的男人，她甚至幻想着他能够支持自己，一起到北京去读书。于是，她请律师拟好了诉状，控告汪家大哥代弟休妻。然而，在法庭上，汪恩甲为了保全哥哥的名声，却当庭承认解除婚约是出于自愿，不是被迫。

这一场诉讼的收场，极像是一幕生活的闹剧。志在必得的萧红，却最终败诉，黯然离席。戏剧性的结局，令张氏家族更觉颜面尽失，萧红也意识到了自己的任性与幼稚。她的心情郁闷至极，没有勇气再回家，在同学家住了几天之后，又回到了北平。

这一次，汪恩甲追随而至，他找到萧红，解释自己当日在法庭上的无奈，并且假意答应她，两个人一同在北平读书。而其实，汪恩甲只是虚与委蛇，他并不想过那种清贫的日子，只是想把萧红带回哈尔滨，然后慢慢地说服家人，同意他们的婚事。

萧红自然不会同意这样的想法，但是没有汪恩甲的支持，她也无法再继续求学。不久之后，她中断了学业，与汪恩甲一起回到了东北。因为鄙薄汪的为人，他们的关系再次破裂。这次的返家是萧红求学梦的彻底终结，她意识到，在那个旧时代，任怎样努力，一个女人始终无法抗拒命运安排的悲剧。

再回呼兰，父亲仍然把她带到福昌号屯居住。那里住着很多张氏家族的人，她过上了与世隔绝的软禁生活。经历过出走逃婚和败诉被休，整个张氏家族已经将她视为辱没家族名声的异类。她的一举一动都受到众人的监视，她不可以外出，不允许随便与家人说话，甚至不能再与外界有任何联系。

这样的日子对于一直渴望自由的萧红来说，无疑是一种折磨。她终于彻底地明白，自己与整个家族的矛盾对立早已经是无法调和，那些被视为大逆不道的过去，永远不会有人出面替她抹去。若是继续被禁闭下去，她觉得自己会窒息。她的心里，再一次燃起了叛逆的火焰，逃离的愿望日益强烈，不可遏止。

在这期间，有一次，因为大伯父想要增加佃户们的秋租，削减工钱，遭到他们的反抗。令萧红想起当年祖父因为照顾付不起租金的房客而与父亲争吵的事，她忍不住替他们说了几句公道话，却因此而遭到大伯父的毒打。后来，萧红逃到小婶的屋子里，才躲过了一劫。

不仅如此，大伯父还对家里人扬言，要叫回她的父亲，一起处置这个伤风败俗、玷辱家门的不肖子孙。旧时代，处置违犯族规的女子，或是被勒死，或是沉入河底。听到这样的消息，萧红十分恐惧。

在这样的情形之下，萧红的小婶和姑姑也开始担心，她们同情她，害怕她真的被处置。于是在她们的帮助下，萧红偷偷地躲在了一个长工的家里，然后，她们安排她藏在去阿城送大白菜的车上，逃出家门。

当送白菜的车子渐渐驶离家门，萧红回转头，对着古老的宅子最后一次深深地凝望，没有人知道，在那一刻，她心底深处是否也会生出些许的流连与惆怅。这个赋予了她生命，却一直与她对立着的家庭，她明白，这一次，她再也回不去了。那一年，她才只有 20 岁。

闻讯返回家中的张廷举，对于萧红的再次逃离，怒不可遏，却又无能为力。从此，他对这个家中的长女彻底失望，不再存有任何幻想。他将萧红视为"大逆不道，离家叛祖，侮辱家长"，宣布开除其族籍。

几年以后，张廷举和四弟张廷惠编撰的族谱《东昌张氏宗谱书》中，记载了张家远祖张岱至一九三五年以前出生的六代人的生卒年月日和简历，却惟独没有萧红辈分中"张秀环"的名字。并且在萧红生母姜玉兰的条目下，也只写了"生三子"，而不是生一女三子。在张家的族谱中，萧红就这样的被悄然地抹去，没有了踪迹。

后来，当萧红在哈尔滨贫困交加，有一次父女俩曾在街头相遇，双方都冷眼相对，擦肩而过，如同素不相识的陌生人。后来，萧红对在哈尔滨读书的堂妹张秀琴说："那个家我是不能回的，钱我也不能要。"

在家里，与萧红有关的物事，同样被张廷举视为禁区，他严令其他的子女不许与之交往，尤其是与萧红关系最为密切的张秀珂。萧红离家后，曾给张秀珂写过信，但信却被父亲扣下，他严厉地警告儿子："你如果同她来往，这个家也是不要你的。"面对震怒不已的父亲，张秀珂吓得浑身颤抖，不敢辩驳。

萧红是一个桀骜的女子，却不幸生于荒诞守旧的年代。她的离经叛道让整个家族也蒙受了伤害。当年她私奔北平时，父亲便因教子无方，被解除了黑龙江省教育厅秘书的职务，调任巴彦县督学兼清乡局助理员。而在呼兰上学的张家子弟们也因承受不了舆论压力，纷纷转校离开家乡。

萧红曾说过："我这一生，是服过毒的一生，我是有毒的，受了害的动物，更加倍地带了毒性……"廖廖数语，道出了多少繁华落梦，也写尽那个时代无奈的苍凉。

离开福昌号屯，萧红去了哈尔滨。对于这座具有异国情调的城市，她并不陌生，那是她第一次远离家门，倾情奔赴的地方。遥望当年，那个背着画架的青涩少女，站在街角的丁香树下，透过树叶的间隙，仰望着天空，纯净的眼睛里，描画着人生最美妙的风景。那样的岁月，云水飘逸，青春荡漾，镌刻在记忆里，散发着淡淡的芬芳。

如今，再次归来，那些经典的俄式建筑，还有街边的繁花丽树，仍是她曾经熟悉的味道，而校园的林荫道上，曾刻下了她少女时代最初的梦想和渴望。然而，事过境迁，对于当下一无所有的萧红来说，那终究只是一座"别人的城市"，没有任何关于家的温暖和依恋。

那是一段无比艰难、落魄潦倒的日子，铭刻在萧红一生的记忆里，不堪回首，却挥之不去。她离开家的时候，身上只穿着一件蓝士林布大衫，没有带任何其他的行李。在哈尔滨，她身无分文、无依无靠，只能流落街头，偶尔在同学或熟人家里借住。

窘迫无路、寄人篱下的日子，一点一滴地摧毁着她紧握在手心里的高傲与矜持。再一次徘徊在哈尔滨的街头，她努力于困境中寻求着生存的方式。她曾经尝试过到工厂里做女工，或者在街边为别人缝衣服。然而作为一个旧时代的女子，在这样一座大都市里，要做到自食其力，谈何容易。在数次拒绝了顾客们别有用心的要求之后，她不得不放弃了这些活计。

一次，她在街头流浪时遇到了堂弟张秀珂，弟弟请她去喝一杯咖啡，在萧红后来的散文《初冬》里，描写了她那时的心情："我仍搅着杯子，也许飘流久了的心情，就和离了岸的海水一般，若非遇到大风是不会翻起的。我开始弄着手帕。弟弟再向我说什么我已不去听清他，仿佛自己是沉坠在深远的幻想的井里。"虽然她仍是固执地拒绝了弟弟要她回家的劝说以及金钱资助，但"弟弟留给我的是深黑色的眼睛，这在我散漫与孤独的流荡人的心板上，怎能不微温了一个时刻？"

时间不经意地匆匆流逝，哈尔滨的冬天如期而至。冬夜漫长而寒冷，而她辗转流浪的脚步却是不曾停息。她常常在几个熟人的住处之间往返徘徊，在风雪之夜寻找着栖息之地。当她屡遭碰壁，站在冬夜的街头，看街边每个窗口里透出的桔黄色灯光，寂寞和沮丧瞬间蜂拥而至。

她想到了安徒生笔下卖火柴的小女孩，此刻，她如她一样地渴望着那些窗户后面暖和的灯光和温柔的眠床。她还想到了呼兰老家的马房和狗舍，她觉得睡在马房里也很安逸，而坐在狗舍里的茅草上面也可以使双脚温暖。甚至当她经过下等妓馆的门前，对里面那些平日里被自己可怜的人群亦生出了几分羡慕。因为，她此刻求而不得的，只是一处容身之地。

那一夜，她终于走投无路，绝望地徘徊在冬夜的街市，寒冷攒裹着她的身体，她已经麻木得几乎没有了意识。在长街转角路过一处卖浆汁的布棚，她坐在小凳子上，集合着身上的铜板，却不够换得一碗浆汁。她遇到了一位老妪，将她带回了自己的住处。

当她醒来的时候已是黎明，街车轰鸣着从屋边驶过，震撼着整座简陋的房子。暗沉的屋子里飘荡着冰凉彻骨的气息，无以名状的陌生和孤独迅速地席卷了她，她的身心仍延续着前一个夜晚的飘零，无所凭据。而睡在旁边的那个面容枯槁的妇人，也让她万分地厌恶和隔膜，虽然，是她给了濒临绝望的她一个暂时的住所。

萧红在这个屋子里住了两个夜晚，她感觉自己象是和老鼠住在一起。从老妪零乱琐碎的话语里，她终于明白，她是一个年老色衰的暗娼，豢养着一个准备做雏妓的小女孩，两人一起生活在这里。清高孤傲的萧红，怎会在这样的环境苟且偷生，不见天日。

　　她终于决意离开了这个狭窄、阴暗的空间，她的套鞋被偷走卖掉了，老妇人还留下了她的一件单衫。而她只穿着一双夏季的凉鞋走上了冰雪覆盖着的街面。屋外已经是白天，太阳照常升起，却没有带给她丝毫温暖。阳光下的世界对于她却有如"暗夜"，而她不得不走进去，并且，无所畏惧。

　　流浪，迁徙，对于滞留在哈尔滨街头的萧红，成为了每日生活里卑微的主题。而一个多月之后，她终于陷入了穷途末路。除了那些被她拒绝过的家里的亲戚，她再也没有任何可以借住的朋友，也没有办法得到食物来裹腹。

　　寒冷和饥饿仿佛凶猛的野兽，面目狰狞地追逐着她，一刻也不曾停息。困窘的处境终于征服了她曾经顽强激昂的意志，无路可走，她不得不退后一步，向命运作暂时的屈服。她决定去找汪恩甲，那个有负于她、令她鄙夷却仍然对她存有爱意的男人。

　　当一个坚毅而矜持的女子，面临着因饥饿困顿而无计可施的境遇，她的骄傲和自尊早已经无处安放，不得不卑微到尘土里，渴望着生存，等待着命运的救赎。

第三卷
Chapter · 03

君当磐石

我为蒲柳

第一章
绝处逢生

那边清溪唱着，这边树叶绿了，姑娘啊！春天到了。

——萧红《春曲》

　　立春过后，空气中骤然多了几分温润潮湿的气息，草木慵懒地苏醒，云朵清灵飘逸。凛冽干涩的风，变得柔软细腻，阳光也不再是躲闪于云层深处，远远地窥探着世间情致，而是以更接近于垂直的角度，热烈地倾泻，抚触着大地。

　　极目四野，静观万物，所有的景色都灵动委婉，错落有致，纵横排列着延伸至无穷远处。风的纤细触摸着肌肤，而天空的蓝色亦变得空灵炫目。枝桠间萌动着的冉冉生机，荒野间弥漫着的点点绿意，无不旗帜鲜明地宣布着春天的消息。

　　而初春里的繁华和寥落却几乎是同步而行，罗列在一起。枝头上那些萌生的新芽，奔放着灼热的灵犀，以不可阻挡之势，喷薄而出。而最后几片枯瘦萎缩的叶子，却仍是流连着停滞，执着地不肯离去，努力地绾系着生命中最后一丝讯息。

　　春之初息，生命便是这样处于两个极端，以决然的姿势。冰与火缠绕着共舞，生和死安然地释放在一起。红尘缈茫，望不到边际，遍地的忧伤零碎散落，无人捡拾。生命的路途历尽艰辛，几近绝地，却又峰回路转，衍生出些许暖意。

在这样的季节里，我们循着时光遗留下的印记，继续追寻着萧红跋涉于苦难中，裂纹丛生的足迹。在短暂的一生里，她穷其所能，耗尽力气，极致地追求着属于女性生存的尊严和生活的权利。她奋力地争取，不曾停息，却总是被忽视，无数次陷入深邃的谷底。

在男权的社会里，古老的体制下，生存的压力，轻易便摧毁了她微薄的能力，而她的呐喊，在那样一片愚昧无知的汪洋里，也显得微不足道，渺小到被隐匿。她在黑暗的深谷里挣扎、喘息，却从来不曾轻言放弃。

哈尔滨的那个不堪回首的冬季，流落街头的萧红，已近乎食不果腹，衣不蔽体。饥饿、寒冷、疲惫、屈辱，种种的无奈和辛苦，缠裹得她没有丝毫抵御之力。在最后的时刻，她真的已经走投无路。万般无奈地踟蹰和徘徊之后，她不得不放下自尊和矜持，去投靠汪恩甲，她曾经的未婚夫。

或许是出于对曾经在法庭上违心作证伤害过萧红的歉疚，亦或者，心底里对美丽又有学问的萧红，仍然充满着不可遏止的爱意，汪恩甲背着家人接受了她，没有任何犹豫。在那个时候，汪恩甲的这个举动，也算是慷慨大方，颇有几分男人的豪气。

斯泰恩说，假如他身在沙漠，他便会爱上柏树枝。对于萧红，尽管她曾经为了逃离这个男人而离家出走，也曾在毫不设防时被他伤得体无完肤，但那一刻身处绝境的她，已经没有选择，况且，不管他曾经做过什么，在那一刻，他毕竟是给了她一丝绝望中的生机。

　　于是，他们两人住进了位于哈尔滨道外区正阳十六道街的东兴顺旅馆，开始同居。萧红终于远离了噩梦中的惊悸，她流浪街头的日子从此结束，这个冬季，她暂时有了栖身之地。而她并不知道，短暂的安逸，其实正是她悲剧人生的真正开始。

　　至此，萧红始于逃婚的这场盛大的奔波之旅，竟然有了这样一个戏剧性的结局。她逃脱了封建的父母之命，媒妁之言，却终于没有逃得掉命运残忍的桎梏。经历了长途的跋涉，她还是回到了最初的婚约里，尽管，仍然是以一种叛逆的方式。她没有料到，一路追寻的繁华希翼，竟然是停留在了曾经的出发地。

　　在那段日子里，萧红和汪恩甲都背叛了各自的家庭，生活和情感处于困顿中，两个人相守在一起，也算是惺惺相惜，互相依赖，彼此取暖，寻求着精神上的慰籍。从小便喜爱美术的萧红，曾经为汪恩甲画过肖像，也在同学面前承认汪恩甲是她的未婚夫。

　　再回到学校的萧红，换了一副全新的形象，不再是潦倒委靡。她衣着光鲜，出现在同学们的面前，显得富有而神秘。没有了往日的穷困窘迫，她变得神采飞扬，行走在校园里，谈笑风生，洋溢着掩不去的青春和朝气。

　　然而，当汪恩甲看到她在学校生活中，与男学生们时有接触，这个生性狭隘而自私的男人，却生出了极深的醋意。并且，那一段日子，完全没有生存经验的他们，生活过得比较奢侈，汪恩甲从家里带出来的钱，很快便所剩无几，而萧红恰又在此时发现自己怀孕了，所有的困窘接踵而至，他们再一次面临着绝地。

　　幸而，在那个动荡贫穷、烽烟四起的年代里，依仗着两个人富裕、殷实的家庭背景，旅馆老板允许他们暂时赊账，依然为他们提供着食宿。汪恩甲每日出门，而萧红就困守在旅馆里，看书、织毛衣，偶尔也写一些小诗，或是给远方的朋友写信，她成了彻头彻尾的家庭少妇。

这些并不是萧红想要选择的生活方式，然而现实的突变却让她无从抗拒。青葱的年华经不起时光反复地蹂躏，没有根基的感情如何能越过世俗的险恶和未知。当繁华落尽，物是人非，陈旧的角落里只遗下了斑驳的痕迹。

不久之后，他们因长期困居旅馆，欠债已达400多元，老板也意识到不会有家人替他们偿还，便开始不停地催逼债务。而这时候，萧红已经怀孕七个多月，身形笨拙，即将到临产期。他们又一次濒临绝境，走投无路。

汪恩甲告诉萧红，他要回家取钱，向家人求助。而这一去，他便再也没有回来，从此，音信杳无。一去不返的汪恩甲留下了千古骂名：始乱终弃，蓄意报复，为了逃避债务，借口筹钱，弃怀孕的萧红于不顾。

对于萧红悲苦的命运，我们宁愿抹去那些着意的痕迹，寻找一个稍微温和的理由，让她悲凄的境遇更少一些人为的因素。当时，在日军占领下的哈尔滨局势动荡，混乱不堪，汪恩甲的失踪，或许只是不幸遇害，并不是传说中的刻意。但这只是后人的揣测，没有依据。关于汪恩甲，从此再无人知其下落，时至今日，始终是一个未解之谜。

无论汪恩甲对萧红是否有过真情，而萧红却是从没有爱过汪恩甲，她委身于他，只是无奈中的选择，极端困境中的自我救赎。在萧红所有的文字中，对这个男人，从未有过只言片语，思念或指责，都不曾出现过，仿佛他对于她，只是萍水过客，无须提及。

萧红在小说《弃儿》中曾经写道："七个月了，共欠了四百块钱。王先生是不能回来的。男人不在，当然要向女人算帐……"小说里的文字，也是对自己当时处境的影射。鲁迅的夫人许广平后来在《追忆萧红》一文中也说过："秦琼卖马，舞台上曾经感动过不少观众，然而有马可卖还是幸运的，到连马也没得卖的时候，也就是萧红先生，遭遇困厄最惨痛的时候。"

这些描述，足以见得，萧红当时的境遇是如何山穷水尽、窘迫不堪。而她的文字，没有任何华丽的修饰，直率而坦白，刚强大气，于绝望中透露出强烈的求生勇气。她平静地叙述，没有色彩，却情在其中，还原了天地万物本来的面目。

她透彻地理解了人世的际遇，所以她知道，许多时候，生命没有缘由，人生无须解释。在生活中，她安然地面对一切，即使是万般无辜，她也是从来不诉委屈，亦不对生活有所质疑。她能承受委屈，却不会委曲求全。对于命中注定的遭遇，她理所当然地接受，然后自己努力另寻出路，即使是承受着物质与精神的多重艰辛，前途迷茫，冲突叠起。

风牵引着我们的思绪，再回到当年。汪恩甲出走以后，萧红便开始了漫无边际的等待。她一个人住在旅馆的小房间里，百无聊赖。徘徊、苦闷、焦灼、无奈，所有的情绪都缠绕着她，无法摆脱，无力退却。在幻境中，她看到汪恩甲自阳光深处信步走出来，告诉她，再不会有贫困，微笑着握住她的手，给她恐慌的心灵以爱抚和安慰。

而旅馆伙计沉闷的脚步声总是适时地出现，倏然间惊醒她甜美的梦幻。她从喜悦的天空中迅即地坠落人间，环顾四周，依旧是孤单的身影，镶嵌在简陋的空间里，连轮廓都没有丝毫改变。经过了许多个漫长的黑夜和转瞬即逝的清晨，希望的光影一点点退却、渺茫，直至消逝不见。她终于明白，这个男人，不会回来了。

内心的绝望无以排遣，她写下了一首小诗《偶然想起》："去年的五月／正是我在北平吃青杏的时节／今年的五月／我生活的痛苦／真是有如青杏般的滋味！"

汪恩甲的失踪，注定了萧红在劫难逃。她腹中的孩子也渐渐长大，仿佛注定是苦难的累赘，令她的处境更多了几分无助和悲惨。一个多月之后，汪恩甲还不见回来，旅馆的老板早已经失去了耐心，指使手下人把行动不便的萧红作为人质扣押了起来。

哈尔滨的六七月份，进入了连绵的阴雨天，而萧红的住所也从客房被换到了二楼甬道尽头一间霉气冲天的储藏室里。老板还派人监视，不许她随便外出。并暗里叮咛手下，等萧红产后，便把她卖到妓院，抵销欠款。只有21岁的萧红并不知道，自己已经处在了极度危险的边缘。

旅馆老板日日催逼，萧红无以应对，度日如年。绝望和焦虑中，她模糊地意识到了自己处境的可怕和危急。而她与生俱来的倔强个性，一直是她拯救自己的有力武器，于困境中屡败屡战、所向披靡。她知道，自己不能束手待毙，她已经没有男人可以依靠，要离开这个牢笼，只能靠自己。

萧红先是向当年北平的同乡李洁吾发出过求助信，但却没有回音。无奈之下，她只好再写信向当时哈尔滨进步报纸《国际协报》副刊主编裴馨园求助。裴馨园是一个善良而富有正义感的知识分子，他带着几位编辑一起到东兴顺旅馆看望了萧红。

如晨曦初起，旭日升空，绝望中的萧红倏然间看到了生命的曙光。裴馨园等人找到旅馆老板进行交涉，警告他不得虐待萧红。但由于萧红拖欠着旅馆的债务，老板称必须要还清欠款才肯放人。众人都不富裕，根本无力承担那笔巨额的费用，他们无可奈何，只能暂时送些文艺书刊给萧红阅读，排解她的寂寞孤独，聊以度日。

那个时候的萧军，原名叫刘鸿霖，又名刘蔚天，笔名三郎，是《国际协报》文艺副刊的一位作者。面对着大家关于救助萧红的热血沸腾、慷慨激昂的言辞，他却带着几分漠然，躲到一边，并不参与。因为他心里非常清楚，仅凭他们几个文人的愤世嫉俗，无法给予任何人实质性的帮助。况且，他们几个的困窘现状和微薄的力量，自顾尚且不暇，何谈拯救别人。

后来，在纪实散文《烛心》中，他描述了自己当日的心境："我听到这些，只是漠然地向自己的唇中，多倾了两杯而已。"在他的心目中，他们只是一群富有同情心的弱者而已，根本没有资格张扬。但就是这个冷漠直率的三郎，却成就了萧红的一段旷世恋情，令她刻骨铭心，一生牵系，直至走到生命的尽头，仍是念念不忘。

《红楼梦》里说，女儿都是水做的骨肉。每一个女子，前世都曾是一朵花幻化的精灵，盛极时妩媚婉转，枯萎处绝世清明。在凋落的那一个瞬间，与惜花之人许下一个隔世的约定。今生，她们才穿越千山万水，历尽艰险，踏歌而来。月光下，心思透彻，灵秀清莹。

而初见萧军的那一刻，萧红便认定，他就是自己前生相依的那个男子，携着隔世的约定，凌空而至，力挽狂澜，救她于水火之中。与他相遇，她所有的苦难，悉数幻化为泡影，所有的艰险都云淡风轻，她的世界，从此云开月明，繁花似梦。

裴馨园兼任着几家报纸的编辑，事务繁忙。得知萧红的境遇后，虽无力救助，但他还是经常派报社的人前去看望。有一天，裴馨园听说萧红因一时得不到救助而情绪狂躁，便让萧军送去几本书和一封自己写的亲笔信，籍以安抚萧红。

那天见面的场景拨动了萧军的心弦，注定让他难以忘却。多年之后，萧军在回忆录里面写道："她整身只穿了一件原来是蓝色如今显得褪了色的单长衫，'开气'有一边已裂开到膝盖以上了，小腿和脚是光赤着的，拖了一双变了型的女鞋；使我惊讶的是，她的散发中间已经有了明显的白发，在灯光下闪闪发亮，再就是她那怀有身孕的体形，看来不久就可能到了临产期了。"

当时的萧军并没有打算滞留，他转身想要离开，而萧红得知他就是笔名三郎的男子时，掩饰不住自己的兴奋。她试探地说："你就是三郎先生，我刚刚读过你的文章，可惜还没有读完。可以坐下来聊一会吗？"

片刻的迟疑之后，萧军还是答应了这个女子的请求。他坐了下来，凝视着萧红，而她灼热的目光也在回望着自己。萧军惊讶地发现，在这个女人苍白憔悴的面容下，散发着智慧的光彩，在她的身上，有一种难以言说的美丽。

再环顾这间发霉的房间，萧军又发现了散落在桌上的几张诗稿、习字和素描画。读着那首小诗《春曲》，萧军震撼了，一位处境如此困顿的姑娘，竟然能写出这般清丽脱俗的文字，对于生活还有着这样热切的向往。

那一夜，他们谈了很多，关于文学、人生，还有爱情。萧军之前对于萧红的猜疑与冷淡，此刻荡然无存，倾慕之情在内心里悄然滋长，很快便烈焰升腾。临别的时候，两人已经依依不舍，相约了再见的日子。

爱情，因为一首诗，开始了它美妙华丽的征程。

第二章
爱情神话

> 我们不过是两夜十二个钟点，什么全有了。在他们那认
> 为是爱之历程上不可缺的隆典——我们全有了。轻快而又敏
> 捷，加倍的作过了，并且他们所不能作、不敢作、所不想作
> 的，也全被我们作了……作了……
>
> ——萧军《烛心》

　　在西方，有一个关于荆棘鸟的传说。那是一种神奇的动物，它娇小的身躯，俊秀、纤细，袅袅身姿，盈盈一握。在空中飞舞时，如风掠过云端，灵动飘逸，羽毛似燃烧的火焰一般鲜艳浓烈，璀璨夺目。而当它在树枝上小憩，高昂着头，俯视大地，通身展示出一种无与伦比的优雅气质。

　　荆棘鸟，以它绝世的姿态，诱惑着人们的视线，也永存于他们的意象里。它只需站在那里，雍容与美丽便静静地流淌而出，涓涓不息，不须言语，不容置疑。它一生只唱一次歌，歌声却是极致的委婉，恍若天籁，遍寻世间万物，无可比拟。

　　自离开巢穴的那一刻开始，荆棘鸟就在执着地流离，不眠不休，只为寻找这世间，属于它的那一棵荆棘树。荆棘树丛生的枝条里，是

它美妙歌声的起源地，而那些旁逸斜出的遒劲和张扬，一如它短暂生命里绵延不绝的坚强和不羁。

当它如愿以偿时，它会选择荆棘树上一株至长至锐的枝条，尖利地刺穿自己娇小的身躯，用血和泪洗涤周遭的污浊和陈迹。当尘埃散尽，阳光绮丽，荆棘鸟放声歌唱，凄婉的旋律飘游在云朵里，干净、纯美，连云雀和夜莺都难以企及。

绚烂的极致缘于惨烈的痛楚。在生命将尽的时刻，荆棘鸟超脱了痛苦，倾尽生命为世界留下了永恒的悲壮和美丽。那一刻，山川静谧，万物销声匿迹，整个世界都在安静地聆听，充盈着天地间的那一阙音律。当一曲终了，余音回绕中，荆棘鸟气竭命陨，以身殉曲。留一曲绝唱于世间，永不消逝。

萧红，便是这样一个女子。在她的身上，浓缩了一个时代生存的苦难和一个群体执着的追求。她就是一只荆棘鸟，热烈而内敛，豪放却落寞，生于尘埃之中，心却在凡尘之上。她的脚步从不曾停息，她一生都在努力地追逐。

她周身都散发着异乎寻常的魅力，安静得绚丽缤纷，华美得不动声色。自出发地开始，她便永远保持着一个战斗者的姿势。途经每一个路口，她都一往无前，无视艰难阻滞。当她静静地经过，回眸来时路，骤然间，天地动容，山川失语，万物为她屏住呼吸。

在现实的世界中，她全力地生存，跨越着一道又一道世俗的阻隔，不言放弃。深怀着美好的憧憬和追求，她努力寻找自己的荆棘树。她渴望在利刺穿透自己身体的时候，盛放出昙花一样惊世的美丽。然后，化身为蝶，翩然离去，奔赴遥远的梦想之地。

萧红是一个蕙质兰心的女子，她的睿智和光芒遮掩不住，就算是陷入命运的泥沼，劫难丛生，也撼动不了她自内而外散发出来的魅力。初见的那个夜晚，萧军与萧红彻夜长谈，迟迟不肯离去。当萧红以惊艳的才华瞬间征服了他自以为刚强的意志，击溃了他先入为主的高傲和冷漠，他的内心迸发出火焰般的激情，迅疾地燃烧了他自己。他再也无法坚持初衷，拒她于千里之外。

　　那一刻，他觉得她是世界上最美的女子，如一株盛开在荆棘丛中的玫瑰，褪去支离破碎的外衣，每一片花瓣都浸润着清晨的露珠，盈然欲滴，隐藏着的花蕊沁芳泻玉，展露出惊世骇俗的美丽。她热切的眸子里闪耀着睿智与渴望，如夜空中的星辰，照亮了整个屋子。他决定，要不惜一切代价拯救她的灵魂，这是他作为男人当仁不让的义务。

　　半个世纪以后，萧军在文字里如此回忆起当时刻骨铭心的记忆："这时候，我似乎感到世界在变了，季节在变了，人在变了，当时我认为我的思想和感情也在变了……出现在我面前的是我认识过的女性中最美丽的人！也可能是世界上最美丽的人！她初步给我的那一切形象和印象全不见了，全消泯了……在我面前的只剩有一颗晶明的、美丽的、可爱的、闪光的灵魂！……我马上暗暗决定和向自己宣了誓：我必须不惜一切牺牲和代价——拯救她！拯救这颗美丽的灵魂！"

　　这样的一场初识，在那个年代里，洋溢着别样的风情和流落于苦难中的诗意。而萧军，命中注定是萧红苦难的救星，也是她爱情的劫数。此后，她心甘情愿地追随着他，流浪、飘摇，不问归路。直至烛火燃尽，草木荒芜，爱的星辰坠落一地。

　　他是萧红一生至爱，他曾令她在黑暗中燃烧得淋漓尽致，却也让她的爱情在光明中悲怆地死去。他是她生命中的唯一。后来，在香港，当萧红弥留之际，她仍热切地盼望着："如果三郎在重庆，我给他拍电报，他还会像当年在哈尔滨那样来救我吧……"

"人生若只如初见，何事秋风悲画扇"。那个夜晚的谈话，让他们两个人都变成了水晶石的雕体。彼此由一见钟情跨越了世俗，迅速地走向相知相惜。他们不断深入地惊异着彼此，丝丝相扣，默契到心有灵犀。仿佛他们的相遇，不过是前世那一段绝世姻缘的继续。

寂寞已久的萧红太需要倾诉，她向萧军毫无保留地诉说着自己的过去。她的家庭，她的爱情，她一路走来的艰辛，还有她一直背负着的沉重却永不磨灭的希翼。那些生存的桎梏，在她的述说里，已经是云淡风轻，恍如隔世，仿佛当那一切都倾泻而出，横亘在身边的苦难便也会随风而去，没有了踪迹。

而萧军，也在萧红面前坦露了全部的自己。他自嘲着生活状况的窘迫，分享着他对生命的态度，和对生活的感悟，处处都透着冷静和理智。还有他关于爱情的哲学："爱便爱，不爱便丢开！"这句话虽然让萧红有些许的惊悚与质疑，但是在骤然降临的爱情里却是瑕不掩瑜。

或许，这样直率而决绝的观念，在相识之初，便为他们日后的结局预留下了悲剧的伏笔。而当爱情的飓风掠过萧红的心底，便也一同略去了那些微妙的瑕疵。何况，在那样的处境里，她根本就来不及有太多的顾及和疑虑。

萧军的出现，让萧红因绝望困苦而日渐委顿荒芜的生命之树，萌发出了希望的新枝。他走进这个屋子里，周身散发出蓬勃的朝气，迅速驱走了她内心深处积淀已久的黑暗和虚无。生存于她，不再只是简单的与世俗和苦难之间的无望对峙，从此便添加了更深层次的波澜壮阔的含义。

　　他们的相爱狂放而热烈，爱如潮水迅猛地将他们淹没。在萧红的精神领域里，幸福感的缺失，和渴望完美的梦幻主义，不停地缠绕交织，模糊纠结着她的生活态度。而当她依偎在爱人的怀抱里，贪婪地享受着企盼已久的爱的喜悦和激情，她却忽而显得惶恐无助。

　　当意识从幻境中重回现实，她审视着自己，一个被男人抛弃并且怀着他的孩子、即将临产的无助女人。如此沉重的世俗的压力，面前这个名叫三郎的男人，他怎么能背负得起。而三郎也对怀中的女子莫名怜惜，他害怕自己过于炽烈的爱火会灼伤了她青葱脆弱的少女的情愫。

　　激情过后，她试图挣脱他的怀抱，低声说："三郎，我们错了！我不该爱了我所爱的人！"而他却更加抱紧她："我们不会做错的！"他抚慰着她，却也不忘对偶遇的一位姑娘暗生情愫："当她——楼下的姑娘——抛给我一个笑时，便什么威胁全忘了。"

　　或许，一向理智的萧军，比萧红更懂得生活中飘忽沉浮的哲理。他深知，他不是她眼中那个完美的男人，他也做不了她的救世主。当下他不能救她于苦难的深渊，而他轻世傲物的本性和对于爱情轻慢狂放的态度，更是注定他许不了她完整的一生一世。

　　于是，他给她的爱，狂热猛烈中总带着些许的迟疑，而他与她温存时的表情里，也偶尔地稍显迟疑。在某些时候，他也萌生过退意，但面对着她狂热而执着的眼神，他却忍不住，一次次地沦陷，不能自已。

　　他们的爱，就是这样藤树相缠，矛盾而纠结。她在饥饿困顿中憧憬着未来，幸福地续写着她的《春曲》，而他徘徊在公园里，懊恼着自己空有一身力气，却不能给她以任何实质性的帮助。他只能以文字迎合着她情深义重的盼望和期许。

她感叹着自己如今连到公园里写诗的权利也不再拥有，也惆怅着他看世间女性温柔博爱的眼睛。面对着他时，她直率而霸气："三郎，我不许你的唇再吮到凭谁的唇！"而当他离去，她却一个人品尝着内心里无比的落寞与酸楚。

爱的错位让他们且忧且喜，狂乱的情愫，在黑夜里梦幻一般起舞，魅惑的光影零乱着，却让他们无力抗拒。意乱情迷中，他们抛却红尘往事，预支着爱情，成了一对狂饮爱酒的醉泥鳅，短暂地醉在了今朝爱的花事里。

萧军和他的朋友们只能不时地探望萧红，安抚她精神上的孤寂，却无力承担旅馆巨额的欠费，对她爱莫能助。萧红每天困守在阴暗潮湿的屋子里，向往着外面的自由世界，渴望与萧军长相厮守，不离须臾，而他却一筹莫展，奔波无路。

在几近绝望的时候，命运却难得地遭遇戏剧性的转机，对这个半生辗转于苦难中的女子，有了一次别样的眷顾。而1932年哈尔滨的那次洪水泛滥，也因了萧红这个奇女子，更深刻地留在了许多人的回忆里。

1932年的夏季，整个松花江流域阴雨连绵，乌云密布。大雨断断续续地绵延了近两个月，致使松花江水位接近120米，超过了哈尔滨有水文记录历史以来的最高点。直至8月8日的夜间，松花江大堤全线溃决，洪水肆无忌惮地涌入哈尔滨市区，这个美丽的城市顷刻间濒临倾覆。

那是一个全城恐慌的日子。市区最大水深5米以上，全市38万居民，有23．8万人受灾，12万人颠沛流离，"街道之上，乃呈现扁舟款行之奇观"。透过旅馆二楼的窗户，萧红漠然地俯视着街面上逃难的人群，看满街的积水无边荡漾，人来人往，呼天抢地。

近乎囚禁的生活，长久地与人群疏离，已经让她对周遭环境的感知变得有些迟钝和麻木。她恍惚中觉得，在洪水的汪洋里，偌大的旅馆仿佛变成了一叶小舟，而她置身其中，周围的嘈杂声忽远忽近，渐渐地拉开了距离。

天灾降临，面对着不断上涨的积水和即将而至的更大洪峰，旅馆老板带着家人，匆忙地逃命，自是无暇再顾及这个欠下巨额费用的女人。她仿佛已被全世界遗忘，静静地蜷缩在床上，回顾着在这个旅馆半年多的时日。无边的洪水淹没了她纷乱的思绪，她茫然而无助，等待着命运再一次地冲击。

在又一个黑夜到来之前，在旅馆的房屋即将倾颓的前夕，萧红终于盼到了她的三郎，那个在最困顿的时光里出现在她生命中的男子。他涉水而来，侠客一般从天而降，站在她的面前，微笑地看着她，眼睛里射出的光辉照亮了她整个的屋子。

他轻轻地捧住她的脸颊，温柔地吻她，她的心便瞬间安定下来，眼神也不再凌乱惶恐，有了归依。他告诉她，虽然他现在还没有能力，但他绝不会置她于危险中而不顾，他要带她走，靠自己的努力改变她窘困的生活，他会给她幸福。

松花江的一场大水，淹没了一座城市，也淹没了横亘在萧红和萧军之间咫尺天涯的距离。上天以一种奇特的方式，赐予了他们一份意外的幸福。灾难维系了他们的情感，也成就了他们的一段震天撼地的绝世传奇。

他们借住在了朋友的家里，萧军没有住所，也没有钱给萧红买衣服。但从旅馆逃出来的那天夜里，萧军便迫不及待地把衣衫褴褛的萧红带进他写诗的公园里，他知道，那是此前她曾无限向往的地方。他不能为她做得更多，但他要尽自己所能，为她实现一些微小的愿望，为她伤痕累累的身心披上一件温暖的外衣。

因雨季而显得沁凉的夜里，风微熏地拂过，细碎的月影散落在地上，白日里荒凉的积水也有了几分醉人的诗意。萧红和萧军相互依偎着，坐在凉亭里，再没有牵绊，没有束缚，他们尽情地享受着来之不易的幸福。摆脱了恐惧和焦虑的萧红，倚靠在男人的肩头，沉醉在了甜蜜的爱情里。

从 7 月 12 日到 8 月 9 日，从初次见面的惊鸿一现，到焦虑执着的缠绵眷恋，他们在短暂的时间里经历了爱情的冰山和火焰。而在洪水中倾覆的城市哈尔滨，深刻而沉默地见证了萧红和萧军的这场惊天动地的爱恋。

然而，浪漫的爱情，终是逃脱不了现实生活的牵系。他们因生活困顿，以及悖于常理的爱情方式，根本不为朋友的家人接受，不久便遭到了驱逐。而萧红也很快到了临产期，他们筹措不到住院的费用，情急无奈，性格粗犷豪放的萧军，用拳头威胁着医生，把萧红送进了三等产室。

痛苦的挣扎折磨过后，萧红在医院里产下一个女婴。她一直拒绝看到孩子，更不肯给孩子喂奶。几天后，他们把孩子送给了公园的看门人。当身穿白色长衫的女人向她烦絮地诉说着想要一个孩子的时候，她感觉那些话就像针一样穿刺着她的心。她用被子蒙着头，催促着他们赶紧把孩子抱走。她拒绝了来人留下的钱，只请求他们能善待孩子，给她一份平和安宁的生活。

　　终于，孩子被抱走了。黑夜的颜色也在纠缠着的思虑中渐渐地褪去，天色渐明，隐约已经听见隔院的鸡鸣。而彻夜无眠的萧红并不知道，新的一天，等待着她的会是怎样的情景。

第三章
剪烛西窗

象春天的燕子似的：一嘴泥，一嘴草……我和我的爱人终于也筑成了一个家！无论这个家是建筑在什么人的梁檐下，它的寿命能安享几时，这在我们是没有顾到的，也不想顾到的。

——萧军《为了爱的缘故》

爱情是一株盛开在尘世的花儿，以绝美的姿势，凌驾于凡俗，颠覆了生存的迷惘，无视物质的贫瘠，坚韧地对抗着世间风雨，无怨无悔，绚烂着四季。尽管，时而枯瘦，时而丰腴。抑或是偶尔地委顿于尘埃里，亦是努力地穿越荆棘，在阳光下绽放、盛极。

当天地昏暗，四野荒芜，周遭的空间里遍布着隐晦萧瑟的痕迹。光与影在疾风中摇曳、斑驳，飘移着遁迹，而亘古的荒凉，在沉默中辗转、延续。风凛冽地吹，云寂寞地堆积，虬曲的枝桠伸展向天空，凌厉地诡婳出苍凉的印记。

而爱，便是隐匿于干涸的土地，匍匐千年的渴盼与期翼。当千里万里，跋涉而来，欣然驻足的那一个瞬息，所有的隐忍，都被定格于一个温暖的归宿。初始的那一场隆重的期待，在凌乱的脚步中，也终于跨越了苦难的痛楚，浅醉在了意念中的温存里。

在萧红与萧军的爱情里，始终纠结着惊世绝俗的人间幻境和尖锐赤裸的饥饿困苦。他为她构筑起一座童话的城堡，让她在臆想里成为了他的公主，恣意地享受着他的宠溺与呵护。而现实的樊笼中，他们却无论如何挣扎不出，他甚至给不起她一份温饱的世俗。

于是，她会在每一个忽然醒来的黑夜里，迷醉地凝视着他的脸庞，流连着他的呼吸，却又常常惊悚地质疑着自己的幸福。而当黎明终于来临，阳光明亮地透过了窗户，他温柔而坚定的眼神，每次都让她爱恋到小心翼翼地摒住了呼吸。

她把手放进他的手心里，被他温暖地握住，她便不再惧怕绝望和生死。他的坚硬果敢让她相信，他就是她生命中最初和最后的归依。在尘世的喧嚣中，他们两个人，一意孤行地守护着这份纯净的信念和坚持。

萧红于无奈中放弃了自己的孩子，或许，在她早些时候受困于旅馆，遥望着浩渺的天空而辗转无告的时候，她已经为这个注定没有父亲的孩子选择了命运。而此刻，她和萧军自己的生活尚且没有着落，又如何有能力养活一个孩子。更何况，在这个孩子的身上，深深地铭刻着她失败与耻辱的印记。

在萧红的自传性作品《弃儿》中，有这样一段描写："孩子生下来哭了五天了，躺在冰凉的板桌上，涨水后的蚊虫成群成片地从气窗挤进来，在小孩的脸上身上爬行。她问，冷吗？饿吗？生下来就没有妈妈的孩子谁去爱她呢？"

后来，人们只看到萧红作为母亲，对亲生骨肉的冷淡与疏离，却没有人知道，在她漠然的外表下，隐藏着怎样讳莫如深、灵魂撕裂般的伤怀与痛楚。多年以后，萧红在弥留之际，仍念念不忘这个孩子，她对守护在床边的骆宾基说："但愿她在世界上很健康地活着。大约这时候，她有八九岁了，长得很高了。"

苦难还在延续，生活总是一波未平，一波又起。而爱情的模样，也绝不是只有写在诗歌里。孩子送走以后，萧红和萧军并没有因此而摆脱困境，他们因为拖欠着医疗费用而不能出院，还常常遭到周围人的讥讽和冷落。这样的情形常常令萧红于错愕间觉得自己又回到了东兴顺旅馆里。

身体的虚弱和灵魂的无依，让她重新回到了伤感与恐惧的挟裹里。她度日如年，濒临崩溃，遥望着窗外幽静的月影，于幻境之中回到了童年的呼兰河畔，那里，曾有她至亲至爱的祖父。而如今，环顾四周，只有月光下的影子，孤独而冷清。

萧红在医院里一天天地数着日子，而萧军想尽办法，却始终没有筹到那笔医疗费，十五块钱，对于清贫的他们来说简直是一个天价的数目。终于，院方对他们没有了耐心和希望，并且慑于萧军武力的威逼，无奈之下，同意他们出院，不再收取住院的费用，对他们避之唯恐不及。

九月的风，簌簌地掠过脸颊，已经有了几分轻薄的凉意。街道两旁，一些枯瘦了的枝桠，依然向天空伸展着倔强而苍凉的手臂。落叶湿润地匍匐着，层层堆积，卑微地蜷缩在角落里，无人顾及。没有车子，也没有孩子，两个相互依偎着的身影，穿过长长的街道，走回到那个依旧是冰冷的住处。

对于他们落魄的回归，裴家人不置可否，冷若冰霜。而遥遥无期的借住，终于令他们忍无可忍，一个微小的因由，便爆发了激烈的冲突。而裴馨园在对朋友和家人两难的权衡之后，留给他们一封信和五元钱，委婉地表达了驱逐之意。

这样的情境下，萧红和萧军不得不离开裴家，无望地徘徊在街头，于乱世之中寻觅着他们的容身之处。最终，他们找到道里新城大街一家俄国人开的欧罗巴旅馆，以每天两元钱的租金，临时租住进了顶层的一间狭小的房屋。

萧红支撑着虚弱的身体，仿佛是顺着一条小道爬上天顶，艰难地走过了长长的楼梯，终于进入到房间里。狭窄的阁楼小屋，白色的床单和桌布，干净整洁，透露出纤尘不染的安静和宁怡。面对着梦幻一般的温馨舒适，喜悦迅速地漫延了她疲惫的身躯，依靠在爱人的怀抱里，她脑海里第一次浮现出了家的意识。

然而，甜蜜的梦境瞬间被现实击碎。很快，俄国女茶房敲门进来，询问他们是否租用旅馆提供的铺盖，每天五角钱。在得到了否定的答复之后，被褥和桌布被悉数收走，草褥和木桌立即显现出了破败的本质。

简陋和颓败的环境并不能阻挡住他们追求幸福的脚步，关上门，萧红和萧军紧紧地拥抱在一起，从此，开始了他们二人世界的全新生活。每天早晨，萧军出门去借钱或者找工作，为了一天的房租和食物奔波。而萧红则忍受着饥饿，站在三楼的窗前，俯瞰脚下的世界，感受人情冷暖，期待着她的男人，带回来果腹的食物和生存的希翼。

萧军没有固定的收入，仅靠找一些零星的工作和借债勉强度日，他们的生活异常困苦。两个人每天唯一的一餐是晚上的黑列巴和白盐，当他们把一块面包分成两半，沾着白盐吃下去的时候，彼此的眼神里仍是充满着幸福而深情的凝视。

关于欧罗巴旅馆，萧红最深刻的记忆便是饥饿。旅馆里有许多订了早餐的房客，于是，在还没有到天明的时候，茶房便会把"列巴圈"挂到他们的房门上，牛奶瓶也放到门口。这些食物散发出来的香气，对于饥饿困顿中的萧红来说，是莫大的诱惑。她甚至因此而产生过偷的念头。

在漫长的白天等待着萧军回来的时间里，站在敞开的窗子前，看着楼下乞讨的人们，萧红有时候会无语地问自己：我拿什么来喂肚子呢？桌子可以吃吗？草褥子可以吃吗？这种时候，她披了棉被的身体也会感觉如浴在冰水里，寒冷彻骨。

而每当他们多借到一点钱，或者有了一些微薄的收入，他们便会兴奋地跑进附近的小饭馆里，点一些廉价的饭菜，尽兴地大快朵颐。那些时日，只要能够吃饱肚子，于他们便是最大的满足，只要明天的食物有了着落，今晚便可以满足而安适地睡去。

在这一段被萧红自称为"只有饥寒，没有青春"的日子里，他们的生活虽然有万般的苦楚，却也是相濡以沫，温情遍布，旅馆的阁楼上，那间狭小简陋的房屋，也成为了她飘零岁月里无拘无束的情感归属。

后来，萧军终于谋得了一份家庭教师的职业，他们的困窘境况才逐渐有了些许好转，再也不用为了买列巴而辗转苦闷，一筹莫展。接着，萧军同时应下几份国文和武术的家教，并且，其中一家东家还为他们提供了免费的住处。

那是一间半地下室的空房间，可是对于萧军和萧红来说，已经是天堂一般的温暖和满足。他们立即从欧罗巴旅馆搬至商市街25号安家。自此，这一对流浪已久的苦命情人，终于在哈尔滨这座城市里拥有了属于自己的"家"。

这间小小的房屋所在的那一条街道，住着的居民们多是木匠、工人和小贩之类，这里远不如旅馆里的安静氛围。当她打扫完空无一物的房间之后，寒冷和寂寞也曾让萧红生出无边的感叹："什么家？简直是夜的广场，没有阳光，没有温暖。"

依稀的情景在脑海中重现，思绪回到了十年以前，在呼兰河畔的张家大院里，那些房客们的凄惨境况，与此时的自己何其相似。只是，那个时候，她衣食无忧，悠然地做着旁观的看客，而如今，她却成为了苦难故事中的主角。命运在破落的轮回中，为他们的处境作了一次置换，无因，亦无果。

然而他们毕竟是有了安身之所。萧军每天出去工作，而萧红，便成了彻头彻尾的家庭主妇。对于出身大户人家小姐的萧红来说，这样的工作自是十分生疏，但能和心爱的人厮守在一起，共度着他们迟来的"蜜月"，萧红也算是沉浸其中，乐此不疲。

身处乱世，他们的爱情也显得极尽奢侈。但他们仍然尽情地享受着那一段难得的幸福时光。在哈尔滨繁华热闹的中央大街上，在宁静幽雅的俄式花园里，在松花江上飘荡着的小船中，在江畔浓郁繁盛的林荫树下，他们的脚步遍布着苦难中的浪漫与温馨。

他们还一起参加赈济水灾难民的"维纳斯助赈画展"，萧军为画展作宣传，萧红则画了两幅粉笔画。画的内容全部是她生活中常见的物件：萝卜、旧鞋子和"杠子头"。这些画作展示的风格与萧红后来的文字极其相似，她总是从直视的角度观看世间万象，直白，赤裸，清晰，深刻。

画展之后，他们又参与成立了画会和剧团，尽管都是短暂地夭折，但萧红却因此而结识了许多思想进步、志同道合的朋友。他们聚集在朋友的"牵牛坊"，志同道合，萧红渐渐地走出从前狭小的生活圈子，摆脱了一己的痛苦和哀怨，开阔了视野，她的生活也变得健康活跃，丰富多彩。

萧军经常为报纸撰稿，而他也很了解萧红在写作方面的才华。在他的鼓励和带动下，萧红除了帮其抄写文稿，自己也开始尝试写作。她很快便初露锋芒，在《国际协报》发表了处女作短篇小说《王阿嫂的死》，之后又在《大同报》上发表了纪实散文《弃儿》。接着，在《大同报》创办由中共直接控制的文艺周刊《夜哨》上，几乎每期都有萧红写的署名悄吟或者玲玲的文章。从此，萧红踏上了文学的道路，开始了她波澜壮阔的文学之旅。

1933年10月，萧红与萧军合著的小说散文集《跋涉》，得到了舒群等朋友们的资助，在哈尔滨自费出版。这本署名为悄吟与三郎的文集中，收录了两人自相遇以来各自的一些重要作品。其中包括萧红的《王阿嫂的死》、《小黑狗》等五篇小说和一首小诗《春曲》，还有萧军的《烛心》和《孤雏》等。

这本书，是以文字述说他们的生活体验和情感经历，是两个人相依相携、在人生道路上艰难跋涉的印记，也记录了他们眼中的苦难和斗争，以及广大民众的觉醒意识。《跋涉》的出版，在当时的东北文坛引起了极大的震动，也受到读者如潮的好评，奠定了萧红和萧军在文坛上的地位。

《跋涉》是萧红初涉文坛的代表作品，书中的文字充分展示了她犀利真挚的笔墨特征。在叙述对革命活动的初始认知和对社会问题的深入关注时，她的文字凸现出宏大的气势，融入了当时左翼文学的思潮，深刻着那一个时代的印记。而当她回望自我、倾诉内心的时候，文字，则又成为她触摸苦难、安放灵魂的一种独特的方式。

在此期间，他们参与创办的剧团还先后排演了美国进步作家辛克莱的《居住二楼的人》、白薇的《姨娘》和张沫元的《一代不如一代》。然而，由于他们的剧目有进步的倾向，致使他们的行动遭到了敌伪警特的盯梢，风声日紧，环境日趋险恶，剧团被迫解散，而那些已经排演熟练的剧目，却永远没有了上演的机会。

并且，因为《跋涉》文集中的大部分作品直接或间接地揭露了日伪统治下社会的黑暗，歌颂了人民混沌的觉醒和抗争的意识，这些文字都带有鲜明的现实主义进步色彩，萧红和萧军的行动更加引起了特务机关的怀疑。

恐慌的气氛顿时笼罩了他们的世界，他们变得杯弓蛇影、草木皆兵。萧红检查了简陋的屋子里所有的物件，生怕那里面可能存有让他们获罪的证据。在彻底地清理了家中的敏感文字和书籍之后，萧红内心的恐惧并没有完全消失，她像是一个被噩梦惊醒的孩子，时刻警惕着无处不在的危机。

尽管此时，他们的日子已经过得衣食无忧，却仍然摆脱不掉如影随形的恐怖。萧红坐在温暖的屋子里，看着壁炉里烧红的火焰，听着萧军的询问："我们吃什么饭呢？吃面或是饭？"她感慨万千，居然他们有米有面了，去年此时，萧军每天出去借钱，或抱着新棉袍去进当铺，而她坐在冰冷的家里，望眼欲穿。这些往事历历在目，平静的日子来之不易，却濒临绝地。

为躲避迫害，萧红和萧军不得不放弃了商市街那个辛苦支撑、日见安稳的"家"，继续他们的漂泊生涯。1934年6月11日，在中共地下党组织的帮助下，他们搭乘火车离开了哈尔滨，经大连乘船奔赴青岛。

　　这一次，萧红是真正地远离了故土。从此，在短暂的一生中，她辗转飘泊，颠沛流离，却再也没能踏上故乡的那一片黑土地。而呼兰河的后花园和哈尔滨的俄式建筑，连同逝去的童年和少女时代，便只能流连在了她的记忆里。

第四章
曙光初现

为了要追求生活的力量，为了精神的美丽与安宁，为了所有的我的可怜的人们，我得张开我的翅膀……

——萧红《亚丽》

在世俗的眼睛里，萧红生命的起始，其实是安逸而富足的巢臼。对于既定的生活，她只需要懵懂地享受，模糊地走下去。然而，她却摒弃了生活给予她的布置，毫不迟疑，以她自己的方式，在黑暗的缝隙中频频地反抗，冲击，辟出了一条艰辛而执着的荆棘之路。

有些时候，我们会无端地想象，如若当年的萧红，不那么倔强，沿着家族划定的轨迹，循规蹈矩地走完她人生的路。那么，她的生活会变得比较容易，生命会富贵而慵懒地持续下去，而她也不会经历那么多的坎坷和辛苦。只是，这世上因此会缺少了一个文学的奇迹，还有那些惊世绝伦的文字，将无从零落于世。

而人生中总是有许多的际遇，缘于偶然的转念，或是嫣然一回顾，原本命定的出口便于瞬间转移向了别处。不能追问是否值得或者选择的对错，也没有机会犹豫，走上一条路，从一开始便已经注定要勇往直前，无所畏惧。而有些进退与得失，也正是缘自最初的不经意。

被迫离开故乡的土地，萧红的心中盘桓着深重的不舍和阴郁。数年以后，当她在战争的炮火中遥望着被日军侵占的东北家园，她也只能在文字里回顾和叹息："但我想我们那门前的蒿草，我想我们那后园里开着的茄子的紫色的小花，黄瓜爬上了架。而那清早，朝阳带着露珠一齐来了！"

在大连，伪满水上警察和日本海上特务侦缉队的检查盘根错节，险象环生。当萧红的恐惧和萧军的愤懑达到了极致，他们终于艰难地通过重重检查，登上了通往青岛的轮渡。置身于飘移的轮船上，极目望去，灰蒙蒙的雾气锁住了远处的海面，看不到海天相接处。

碧玉颜色的海浪在渡轮的两侧迅疾地翻卷着，腾空，再跌落，此起彼伏。萧红惆怅地面对着满目阴霾，身心游离。当广阔与微小的差距在同一个空间里被无限放大，内心里的惶惑与无助，便准确无误地攫住了她的思维，欲诉无语。

当漂泊的脚步终于停驻，在青岛这个陌生而美丽的城市，两个疲惫的灵魂暂时有了栖身的一席之地。萧军之前的同事舒群一家早已为他们在观象一路一号租好了住处，两家人比邻而居，在共同的事业和信仰中延续着他们诚挚的友谊。萧军在《青岛晨报》担任主编，而萧红则赋闲留在家里。

夏日的青岛，风景旖旎，婉约如画，清秀宜人。而他们的住处，地处观象山的山梁之上，背山面海。站在窗前或是院子里，便能将山和海的景致尽收眼底。海风清新温润，海浪浅唱低吟，满目张扬着蔚蓝色的纯净气息，身处愉悦的氛围，心旷神怡。

生活在舒适无忧的环境里，萧红的创作才思喷涌而出。在她的文字里，既有女性特有的清丽纤细的温婉笔触，亦有男性般豪放大气的特质。她以其独特的视角和感触，深邃地探索着时代的命运，质询着深层次的文化根源。

萧红和萧军都十分珍惜这段时光，难得的安逸生活，对于他们来说，是多么得奢侈。每当夜阑人静，灯影婆娑，两个人互相鼓励，笔耕不辍，生怕虚掷了美好的光阴。安宁无虑的心态使他们的写作过程异常顺利，不久之后，萧红便完成了著名的中篇小说《麦场》，而萧军也完成了他的《八月的乡村》。

青岛，这座美丽的海滨城市，赋予了萧红一段短暂却快乐充实的时光，也成就了她和萧军中国现代文学史上的重要位置。而湛山湾的海浪，无言地记下了萧红和萧军历经漂泊却坚实如初的足迹。

然而，作为文学新人，他们并不确定作品的主题是否符合当时革命文学运动的主流意识。短暂的迷惘和踟蹰攫住了他们的思绪，拨开云雾，他们努力地寻找着文字的归属。萧军想到了鲁迅先生，他是当时领导革命文学运动的先锋和主力。

于是，他们试着与在上海的鲁迅先生取得联系，寄去了《麦场》和《跋涉》的书稿。他们不知道百忙中的鲁迅先生是否能对他们有所眷顾，短暂而又漫长的兴奋、忐忑和期翼之后，他们居然很快得到了鲁迅先生的回复。

先生的胸怀和气度正如他的文字：横眉冷对千夫指，俯首甘为孺子牛。从他对萧红和萧军的迅速回应和殷殷关切中，我们能捕捉到他对文学青年的扶持和爱护。而这封回信，也成为他们之间深刻友谊的最初的缘起。

鲁迅先生的回信让萧红和萧军如获至宝，几近狂喜，他们反复地诵读，并且与朋友们分享，激动和喜悦难以抑制。鲁迅先生在信中的指导与鼓励，如"护身符录"一般，成为萧红和萧军在文学创作的道路上奋勇前行的源泉和动力。

或许，萧红的一生注定了流浪漂泊，那些短暂的安逸生活于她都是惊鸿一瞥。风景如画的青岛曾让她醉入梦境，流连忘返，但不久之后却局势骤变，地下党组织遭到严重破坏，舒群等人被捕，萧红、萧军的处境也随之危在旦夕。

不久之后，报馆停业，同事们也相继离散。萧红和留下的朋友一起，变卖了报馆里的旧家具，维持着生计。1934 年 11 月初，在青岛地下党组织的安排下，他们搭乘日本货船来到了上海，漂泊的旅程再一次延续。

到上海之后，萧红和萧军租住在法租界拉都路的一座亭子间里。地处上海郊外，虽是贫民区，但环境幽雅静谧，屋子周围有绿色的菜园和成片的田地，时值初冬时节，却仍是草木葱茏，蓊蓊郁郁。久居北方的萧红，对这里温润的气候和蓬勃的生机充满了热望与新奇。

当青岛的海风和海浪，以磅礴的气势，将按部就班的视野绽放到了极致，而上海的郊外小舍却如小家碧玉一般，稳妥地安放着漂泊者的灵魂，让惶惑而迷乱的脚步有了宁静的归依。在萧红的眼里，小小的农舍就是他俩的世外桃源，没有惶恐，远离危机，疲惫的身心得以在这里小憩。

站在窗前，凝望着后园里的一片碧绿，阳光晴好，草长莺飞，洋溢着浓浓的田园风情，浪漫而富有诗意。沉醉于这样的景致，萧红思绪恍惚，仿佛又回到了童年，呼兰河畔的后花园，慈爱的祖父牵着她的小手，枝头花香萦绕，而草丛中虫语呢喃。如今，那一份欢乐与安然，已是恍如隔世，遥不可触。

萧红和萧军打扫干净房间，向房东借了桌椅和床铺，再出门购回简单的日用品，略加装饰，小小的亭子间里刹时便充满了生活的气息。他们相视而笑，不须言语，却心有灵犀，彼此感叹着，总算在大上海的茫茫人潮中拥有了安身之地。

这一年，萧红 23 岁，青春的年华绚烂无比，朴素的衣饰遮掩不住飞扬的气质。虽历经磨难，但对文学的憧憬和对未来的期望却让她变得阳光而富有朝气。在这个陌生而又繁华的城市里，她勤奋努力，毫不懈怠，描画了一个新的起始。

在上海安顿好了住处，萧红和萧军便迫不及待地与鲁迅联系，希望能够见先生一面。很快，他们收到了鲁迅的回信，告之之前的信件和书稿都已经收到。虽然鲁迅婉拒了他们立即见面的要求，但他的回信却让他们对这座城市多了一份亲近和从容。

当时，日本即将全面侵华，国内外的形势风雨飘摇，环境险恶而复杂。而作为左翼作家联盟主要领导人的鲁迅也身处漩涡中心，时刻处于国民党特务的监视之下，对于陌生人的见面要求自是小心谨慎。萧红和萧军并不知道这些，虽然暂时没有见到鲁迅先生，但他们之间却有了频繁的书信来往。

萧红和萧军总是把鲁迅先生的书信带在身上，闲暇的时候，反复地抚摩，欣喜地诵读。无论是清晨醒来的瞬间，还是晚饭后出门散步的路上，或者是在白天写作的间隙，甚至是其他任何一个没有征兆的时间里，都是他们互相鼓励、汲取力量的依靠和源泉。

书信使他们对彼此有了渐进的了解。或许是缘于对先生的依赖与敬仰，抑或仅是为了文字上对前辈的追逐和向往，萧红和萧军在写信时总会不由自主地把鲁迅先生当成了父辈，时常流露出孩子般的天真，不谙世事，而鲁迅先生对此则爽朗回应，表现出了慈父一样的耐心和关爱。

萧红和萧军的真挚和坦率最终消除了鲁迅先生的顾虑，而先生的幽默和慈爱也令他们动容。他们没有想到，想象中不食人间烟火的文学巨人，在文字革命中看到的文笔犀利、言辞激烈的鲁迅先生，竟是这样一位平易近人的长者形象。

而他们在上海的生活并不顺利，没有工作，也没有熟悉的朋友，他们的生存状态不言而喻。尽管他们拒绝了大上海的繁华诱惑，给自己制定了严格的作息制度，勤奋写作，不敢有丝毫懈怠，但作为上海文坛上陌生的面孔，他们寄出去的稿子却如石沉大海，没有回音。

从青岛带过来的旅费很快便所剩无几，人地两生，他们的生活再一次陷入了艰难的境地。在这样的境况里，鲁迅先生的每一封书信，于他们都如黑暗中的曙光，绵延着的喜悦，是精神上的寄托，也是生活中必不可少的阳光和空气。

物质的贫乏和精神上的富足，在他们的生活中合二为一，浑然一体。后来，当他们无奈求助时，鲁迅还给予了经济上的支持。茫茫人海，无边孤寂，因了这一份温暖的慰藉，他们不断地越过困顿，苦中作乐，将贫穷的生活点染得摇曳多姿。

由陌生的崇拜到亲情般的依恋，由遥遥相望到触手可及，这一份温情走过了时间和空间的距离。在写给鲁迅的信中，萧红和萧军总是会提出许多问题，内容涉猎日常生活、文学艺术以及政治的领域，而鲁迅先生从不厌烦，总是在写作之余，以病弱之体，认真地一一回复。

萧军的性格中凸现着东北人特有的豪爽正直，而萧红则始终脱不了孩童般的天真稚气，这些真纯的特质让交流变得轻松愉悦，毫无顾虑。鲁迅先生的戒备之心彻底消除，他确信，这两个来自北方的不甘作奴隶者，他们是正义的年轻人，是可以并肩作战的同路人。终于，他们约定了见面的时间，这消息让萧红和萧军兴奋不已。

1934 年 11 月 30 日，萧红和萧军在虹口内山书店第一次见到了鲁迅先生。先到的鲁迅先生在确认他们之后，便引着二人到了北四川路的一家咖啡店。整个见面的过程朴素自然，预想中的隆重和热烈没有发生，多余的寒暄和客套也都被省略，横亘在他们之间的界限瞬间消失，两个人不再感到有任何约束。

　　第一次见面的情景深刻在萧红的记忆里，经久弥新。一位精神矍铄的老人，面色苍白，脸颊消瘦，颧骨突出，嘴上留有浓密的唇髭，头发硬而直立，眼睛喜欢眯起来，目光却异常锐利，在萧红的眼里，先生特有的目光使人"感到一个时代的全智者的催逼"。

　　咖啡馆里的环境僻静幽雅，不引人注意，鲁迅先生还约了夫人和孩子与他们见面。许广平的温婉大气和海婴的活泼顽皮拉近了他们之间的距离。他们谈了一路漂泊的情形和哈尔滨、青岛等地的形势，鲁迅则向他们解说了上海文坛的现状及危机，还给他们介绍了日本左翼文学青年鹿地亘和美国女作家史沫特莱。

　　后来，许广平在《忆萧红》一文中描述了对萧红最初的印象："中等身材，白皙，相当健康的体格，具有满洲姑娘特殊的稍稍扁平的后脑，爱笑，无邪的天真，是她的特色。但她自己不承认，她说我太率真，她没有我的坦白。也许是吧，她的身世，经过，从不大谈起的，只简略的知道是从家庭奋斗出来的，这更坚强了我们的友谊。何必多问，不相称的过早的白发衬着年轻的面庞，不用说就想到其中一定还有许多曲折的生活的旅程。"

　　这次见面，鲁迅夫妇向他们公开了住处，欢迎他们随时到访。12月19日，又在梁园豫菜馆请客，将萧红和萧军介绍给了茅盾、聂绀弩、叶紫、胡风等左翼作家。这些人后来都成为萧红的好朋友，对她的文学创作和现实生活都有过一定的影响和帮助。

　　此后，在鲁迅先生的介绍和推荐下，萧红的《小六》和萧军的《职业》等文章得以陆续在一些报刊上发表，不仅改善了他们的生计，两个人的文学才华也崭露头角，逐渐被上海文坛所接纳，拥有了立足之地。

　　1935年3月份，叶紫、萧红、萧军在鲁迅的支持下结成了"奴隶社"，准备自费出版"奴隶丛书"。1935年月12月，萧红的中篇小说《生死场》以"奴隶丛书"的名义在上海出版，在文坛上引起巨大的轰动和强烈的反响，社会影响很大。

《生死场》即是萧红在青岛完成的小说《麦场》，后由胡风改名为《生死场》，是她以萧红为笔名的第一部作品。萧红因此成为三十年代中国文坛知名的女作家，这部作品也奠定了她在中国文学史上的地位。

在萧红的请求下，鲁迅亲自为《生死场》校阅并写序言，在序言中称赞萧红所描写的"北方人民对于生的坚强，对于死的挣扎却往往已经力透纸背；女性作品的细致的观察和越轨的笔致，又增加了不少明丽和新鲜。"

这期间，在鲁迅的鞭策和鼓励下，萧红又陆续写出了《过夜》、《手》、《牛车上》等优秀的文学作品，并且整理完成了《商市街》的系列散文。她在文学方面的才情喷涌而出，在中国文坛上迅速崛起，而萧红这个名字，自此开始广为人知，流传至今，成了呼兰、哈尔滨以及黑龙江的文化印记。

第五章
爱入歧途

> 说什么爱情，说什么受难者共同走尽患难之路程，都成
> 了昨夜的梦，昨夜的明灯。

——萧红《苦杯》

世间每一场的遇见，都是前生注定的缘起，而绵延至今生，却也是必经的结束。缘来时，花叶婆娑，云雾迷离，阳光下的露珠也折射着璀璨的生机。而缘灭，所有的企盼都沉默成千年的化石，披一袭坚硬的外衣，巍然矗立，任时光逶迤，在记忆的断层上纵横交错，蜿蜒着雕刻出沧桑的印记。

初遇时的狂喜，细致琐碎中的甜蜜和平实，在时间的年轮中一层层地重叠，堆积。山雨欲来，朔风四起，不容分说地侵袭着来时的路，那些一路相随的足迹，渐次地被湮没。而陈旧的记忆里，早已经没有了初时的痕迹。

当尘埃落定，回首望去，天空中阴晴交替，过往的故事，云烟一样沉浮。瞬间的怅惘让回忆明晰，原来，所有珍藏在心底深处，那些曾经的温存和欣喜，全部都抵不过别离时紧握在掌心里，不曾流露出

的苍凉和悲凄。

张爱玲说：于千万人之中，遇见你要遇见的人。于千万年之中，时间无涯的荒野里，没有早一步，也没有迟一步。而萧军，便是萧红命中注定的遇见。在她穷困潦倒、走投无路的时候，他侠客一般地从天而降，解救她于苦难的水火。

有人说，如果在 1931 年的那个 10 月，萧红没有遇见萧军，那么，她这一生必定会是另外的模样。或沦落于尘俗，或埋没于烟火。可是，她毕竟是遇见了他，没有回顾，也没有迟疑，这是她命运的转机。

与萧军之间的爱情是萧红生命中极致的奢华。相守在一起的日子里，无论贫困，或是富足，她都感到无比的满足。她依赖着他，而他为生计奔波，为她遮风挡雨，并且带着她最终走上文学的道路，完成了她一生重大的转折。

然而，唯美的繁盛如雨后的彩虹，绚烂过后便是无奈的飘零。萧红与萧军的爱情，如血色的玫瑰，盛极时惊心动魄，凋落后也触目惊心。散落一地的花瓣，血焰般狂热澄明，昭示着他们的爱，曾让她风清月明，哭得真实，笑得从容。

初遇萧军时，萧红也曾震惊于他"爱便爱，不爱便丢开"的哲学。但那个时候的萧红，或许是为了借助爱情急于摆脱生活中的困境，抑或是一见钟情的喜悦已然蒙蔽了她的眼睛，她无视这些感受，飞蛾扑火一般地奔向了她的爱情。

而当繁华落尽，流年如水，狂乱的风暴逐渐平息，雨洗过的山石露出了原始的痕迹。爱的激情回归到了一蔬一饭的平淡日子，两个人之间的性格差异也日渐显露。他的男权主义与她的倔强执拗时有碰撞，无可回避。

她多愁善感，他坦荡豪爽。她的寂寞自童年开始便难以解索，而他的豪放却让他时时事事不拘小节。她渴望陪伴，他却崇尚自由。她的爱是崇拜也是依赖，他却是降格相从、居高临下，无限地放大着施者的姿态。

即使走在路上，两人也总是一前一后，萧军在前面大踏步地走，萧红在后边跟着，很少见到他们并排走在一起。空间的距离，不经意地流露出他们之间关系的状态。而他的这种粗放和忽略，如何能不时时地刺痛她安放在心底的敏感细腻。

性格的迥异，心理需求的错位，甚至是文学理念的分歧，诸多原因让他们争执渐起，且日益激烈，萧军性格中的暴躁和霸气显露无遗。许多时候，一言不和，萧军便恼羞成怒，以致于对萧红拳脚相向。

胡风的夫人梅志女士在《"爱"的悲剧——忆萧红》中提到，有一次，一些朋友聚在一起，萧红夫妇也在其中。当时，萧红的脸上有明显的伤痕，她小心翼翼地向朋友们解释，说是自己夜里不小心，碰到了硬东西上。而在一旁的萧军却以不屑的口气坦然承认是自己打的，不需要隐瞒。萧红淡淡一笑说："别听他的，不是他故意打的，他喝醉了酒，我在劝他，他一举手把我一推，就打到眼睛上了。"萧军却说："不要为我辩护！"他甚至不给萧红用谎言维护可怜自尊的权利。

她说："做他的妻子太痛苦了！我不知道你们男子为什么那样大的脾气，为什么要拿自己的妻子做出气筒，为什么要对妻子不忠实！忍受屈辱，已经太久了。"

而他却说："她在处世方面，简直什么也不懂，很容易吃亏上当。她单纯、淳厚、倔强、有才能，我爱她。但她不是妻子，尤其不是我的！"

相识于危难、萌生于困境中的爱情，却经受不住安稳岁月的持久打磨。飘忽不定的爱情生活催化了萧军关于爱的哲学，他本性中的温情与博爱不断地抛洒向身边每一个情感贫瘠而渴望慰藉的女子，温存的话语一再重复，柔软的眼神融化了痛楚，一如当初施与苦难中的萧红。

在他们的生活中，萧军的粗犷和萧红的细腻，如风中持续交汇的细沙和石子，凌乱地切割，再悄然地平复。她疼痛，他却浑然不知。当他们还在热恋时，有一天晚上，萧红看到萧军的毛衣袖口破了，当即说要买来毛线替他织补，却不料引出了他对于过去遥远的回思。

他说他有一个叫敏子的昔日女友，那毛衣上的桃色花线，便是她亲手缝制。他曾疯狂地爱着她，而有一天，同样深爱着他的敏子却突然消失，没有给他留下一点线索和痕迹。从此，她黛色的眉尖和粉红的唇影，便深刻在了他的记忆里，不曾远离。

那夜，他怀里拥着新婚的妻子，紧握着她的手，却深情地唤着旧日女友的名字，泪眼婆娑，沉沉地睡去。全然没有顾及到身边的萧红，在他一往情深的回忆里，漫延着怎样的委屈与纠结，痛苦辗转，彻夜未眠。

后来，萧军还暗恋上一位大家闺秀李玛丽，又叫 Marile。那是位气质颇佳的女子，天生丽质，能歌善舞，如蒙娜丽莎一般优雅迷人，吸引着身边经过的每一个男士。她当时主办着一个文艺沙龙，在哈尔滨很有名气。周围常常聚集着一群进步文艺青年，萧军便是其众多追求者之一。

当时的萧红早已与家庭决裂，并且怀着别人的孩子，生活无着，举目无亲，也没有退路。热恋中的爱人，却暗恋着别的女人，这样锥刺般的痛苦，她无以倾诉，唯有用文字抚慰自己，倾吐着伤痛的心事。她的诗歌《幻觉》中充满了沉重的压抑和凄楚："我正希望这个，把你的孤寂埋在她的青春里。我的青春！今后情愿老死！"

后来，当他们的生活渐趋稳定，住进了哈尔滨商市街的时候，萧军做着家庭教师，房东家的三小姐是萧红在东特女一中的校友。这位汪小姐漂亮时髦，善于交际，每当她摇摆着纤细的腰肢婀娜地走过院子里，相形之下，萧红总为自己乱搭的服饰和粗粝的肌肤生出无端的自卑和叹息。

而当有一天，萧军坦然告之，漂亮的东家小姐爱上了穷困的家庭教师，早有预感的萧红也唯有伤感叹息，沉默无语。在她的眼里，汪小姐如一朵妖娆的玫瑰，火焰般燃烧的热情，在黑夜中也闪烁着耀眼的光芒和魅惑。而她自己则是荒山里的野草，长在粗粝的泥土里，任风霜雪雨，最终淹没成一片荒芜。

所幸那个时候的萧军尚有理智，他感觉自己与汪小姐之间相差甚远，与其在走近之后，因看清楚彼此而心生厌弃，不如止步于友情的界限，保持一份完美的距离。所以，当萧红准备妥协于宿命时，他却选择了退出。他和萧红一起，为汪小姐介绍了一位刚刚失恋的编辑朋友，几经接触，汪小姐芳心暗许，他们很快便坠入了爱河。

这段朦胧的恋情因萧军的理智选择而适时终结，汪小姐的单恋无疾而终，随风逝去。这样的结局让萧红内心的波澜暂时平复，她和萧军的日子得以安稳如初。然而，萧红的情感烦恼却远没有结束，多情如萧军，绝不会轻易地甘于寂寞，虚度光阴。

某一日，萧军认识了一位上海来的女中学生。这位名叫陈涓的南方姑娘，单纯稚气，不施粉黛，却素洁清丽。她到哈尔滨拜访亲友，小住数日。一个偶然的机会，看到了《跋涉》，对署名三郎的作者产生了兴趣。后经朋友介绍，又读了萧军其他的文字，心生崇拜之意。经朋友介绍，与萧军结识。

萧军迫不及待地邀请陈涓到家里作客，陈姑娘主动登门，落落大方地向萧红介绍自己。陈姑娘与汪小姐也十分熟悉，晚上，几个人聚集在萧红的小屋子里，红颜在侧，萧军兴致叠起。他们吟诗作赋，谈天说地，才子佳人，笙歌墨舞，小小的空间里洋溢着明快的气息。

而这样的时候，萧红却感到落寞无际，在她的眼里，陈姑娘热情活泼，汪小姐新潮洋气，而所有的热闹是他们的，她仿佛是个局外人，无法将自己融入进去。对于与她生存环境不相同的人们，天然的隔阂让她感觉不到丝毫的兴趣。

他们的交往日益频繁，敏感的萧红觉察出萧军对于陈涓的缱绻情愫，而陈涓也终于感觉到萧红对她心存芥蒂。陈涓涉世未深，少女的心态脆如蝶翼，不似汪小姐般世故圆滑，历经风雨。她觉得十分委屈，她认为自己对萧军并无所图，只是仰慕萧军的才华，想与敬慕的智者贴近距离。

不久，她告别了他们，带着少女的淡淡愁绪和情窦初开的莫名兴奋，离开了哈尔滨，回到南方。临走时，萧军寻机轻吻了姑娘，并且送给她一朵枯萎的玫瑰花，虽未曾提及只言片语，但多情的心事却展露无遗。

敏子毕竟只是回忆，而 Marile 缥缈在云端里。汪小姐恋爱了，陈姑娘离开了，可是，**博爱多情的萧军却不断地续写着与其他女性的暧昧故事。**萧红在诗歌里委婉地表述着自己的心绪："只怕你曾经讲给我听的词句，再讲给她听……"

萧军终结了萧红世俗的苦难，却又开启了她的精神苦旅。他拯救了她，也以他特立独行的方式伤害着她。而萧红对萧军的爱、隐忍和包容，无论是缘于感激，或是依恋，都是极端而深挚，没有任何杂质。

萧红敏感、纤细、渴求保护的小女子心态，在苦难中曾换得了萧军粗粝的豪情和侠义的呵护，她对他崇拜而依恋。当他们在文坛上相继成名后，物质和精神生活环境全然改观，安逸的平淡却让彼此的性格暴露出了原始的本质。

萧红幼年时期被祖父宠溺，成长的岁月里又遭遇了爱的极度缺失，这种错落、断层的经历，让北方女人的豪爽与南方女子的婉约，在她的身上集中彰显，矛盾而统一。而萧军的武断与大男子主义，与萧红的心思细腻时有碰撞，他军人式的处事方式，也令萧红委婉地排斥。

萧军曾这样形容两个人的性格差异："她如同一具小提琴拉奏出来的犹如肖邦的一些抒情的哀伤的，使人感到无可奈何的，无法抗拒的，细得如发丝那样的小夜曲；而我则只能用钢琴，或管弦乐器表演一些Sonata（奏鸣曲）或 Sinfoma（交响曲）！"

并且，在许多年之后，萧军注释萧红的书简时坦言，他只爱史湘云、尤三姐那类爽朗、刚烈的人物，而像林黛玉、妙玉和薛宝钗那种更有心机的闺中弱质，他不愿领教。萧红的任性和自尊，显然属于后者。

当年，鲁迅夫妇在梁园豫菜馆第一次宴请萧红和萧军的时候，经济窘迫的萧红，曾走遍上海街头，只为买到一块打折的布料。之后又在阴暗的亭子间里，彻夜忙碌，给萧军裁剪、缝制了一件合适的见客礼服。

正如《红楼梦》里的晴雯为宝玉病补雀金裘一样，那个时候的辛苦也是甜蜜的，昏暗的灯光下，绵密的针线里缝进了两个人满满的情意。后来，为了纪念那一次宴会和萧红巧手缝制的"礼服"，他们还特意到法租界万氏照相馆照了一张相片，这也成为日后见证二萧苦乐爱情的经典合影。

当爱情渐入迷离，注满的幸福之杯开始倾泻，那些美妙的过去，却悉数成为了辛酸的记忆。平稳的日子开始变得简单而奢侈，洁白的底色中掺入了些许杂质。萧红再一次陷入了苦闷与迷茫中，成功的喜悦和安宁的心情也频繁地与她错失。

1935 年对于萧红是一个完美的结束，她在文坛上的花季开得缤纷绚烂，同辈人群中无人能及。而到了 1936 年，她却又步入了新一轮的苦难，她可以漠视物质的困顿，而难以逾越的是精神上的桎梏。

相继成名后，两个人在上海有了安稳的栖身之处，从紧张繁复的生存纷争中脱身出来，生活变得从容而安逸。有了闲适的心绪，萧军便忆起了在哈尔滨商市街上偶然相遇的故人，清新秀丽的南方姑娘陈涓。

抵达上海时，萧军曾去拜访过陈宅，得知陈涓当时在沈阳，两人便开始有了书信联系。多情的萧军对旧情念念不忘，萧红幽怨苦闷，却也无法阻止。当陈涓在哈尔滨结婚生子后，再回到上海，萧军的霸道武断在这份暧昧的情思里便愈发明显。

　　他固执而强烈的情感表露和近乎纠缠的追求方式，不仅让已婚的陈涓措手不及，萧红更是苦恼抑郁。她不得不提出搬家，却仍无法阻止萧军在爱情里的幻想主义。萧红只能在文字里痛苦地宣泄："往日的爱人，为我遮蔽暴风雨，而今他变成暴风雨了！让我怎样来抵抗?"

　　萧军执着的追逐一直持续到陈涓离开上海，返回哈尔滨。而在此期间，李玛丽也来到了上海，机缘巧合，让萧军的暗恋之火重新燃起，为之写出许多痛苦缠绵、柔情缱绻的诗歌。而萧红，仍是只能将内心里的惶惑无助付于文字："我没有家，我连家乡都没有，更失去朋友，只有一个他，而今他又对我取着这般态度。"

　　几近绝望中，萧红终究还是选择了一个人离去，远赴日本，继续她漂泊的旅途。当纤弱的背影，镶嵌在海的苍茫里，那份孤独与决绝，充满了忧伤的诗意。

第四卷
Chapter·04

转身之后
无处告别

第一章
蛰居异乡

　　但我真的听得到的，却还是我自己脚步的声音，间或从人家墙头的树叶落到雨伞上的大水点特别地响着。

　　　　　　　　　　　——萧红《在东京》

　　在这个世界上，有些人辗转于尘世的纷扰，渐渐地尘封了心灵，坚硬了性格，风雨来袭，兀自巍峨。而有些人却生如白纸，在纷繁的世事中超脱凡俗，坚持着单纯的质地，任凭季节变换，尘霜拂过，始终不曾沾染上颜色。

　　他们徘徊于世间繁华，却无法驱散内心的沉寂，爱和恨，情与苦，缠绕、纠结，无休无止。心底潜藏着的悲伤时时浮出，反反复复地压抑，打磨，却始终奔腾如注。直至最后，遗下一颗被蚕食了的心，破落不堪。

　　爱是一汪幽深的泉水，清灵透彻，安稳如镜。静好的本色诱惑着每一个途经的路人，抛却理性，奔赴狂热。全然无视刹那间涌动着的水面，将身心淹没。尝试之后才会懂得，那水原本就是苦涩，绝不是初见时意象里的晶莹纯澈。

　　文字里的萧红才华出尘，坚强大气，而生活中的她，却是软弱地

133

踟蹰于苦难中的一个红尘女子。她的人生饱满而斑驳，她不断地抗争，之于家族和男权，之于爱情的守护，之于家国沦陷，她竭尽全力，从未停歇。

她的感情之路千回万转，蜿蜒起伏，悲情而华丽。她的沉默、爆发、坦荡、任性，种种矛盾的综合，都是缘于深不见底的爱情。萧军曾于困顿中救她于水火，而她亦是全身心地依附，不留余地。

美国著名汉学家葛浩文在萧红传记中说，在"二萧"的关系中，萧红是个"被保护的孩子、管家以及什么都做的杂工"，她做了多年萧军的"佣人、姘妇、密友以及出气包"。在今天，置身事外的我们，透彻清晰地明了，这样极端的角色，变异的接纳和包容，如一张织法错位却针脚绵密的蛛网，早已经网住了他们走入歧路中的爱情，后退无路，前行迷茫。

数十年之后，有人这样评价：萧军的文学才能是无法与萧红媲美的，他只是靠刻苦和勤奋取得了一定的文学成绩，而萧红则完全是一个文学天才。她比萧军起步晚，却比萧军走得远，开创了一条有自己特色的文学道路。

但无论怎样，他们在文学方面都有绝世的才华，在生活中却始终没有学会变通。萧军延续着他"不管天，不管地，不担心明天的生活；蔑视一切，傲视一切"的"流浪汉"性格，一成不变，我行我素，萧红则一味地忍耐退让，在精神上施虐于自己。

萧军的情感叛离对于萧红是彻骨的伤害，那一段时间，她如离群独居的鸟儿，羽毛凋零，音容失色，精神委靡。她过度的颓废引起了朋友们的关注，她和萧军共同的朋友黄源建议她去日本暂住。

彼时，黄源的夫人许粤华正在日本专攻日文，已经能够翻译一些短文。他们认为，日本环境清雅，方便读到一些外国的文学作品，有利于休养和专心读书写作，还可以学习日文。况且，有许粤华的照应，萧红初到日本也不会寂寞无依。

此间，萧红还收到过一封张秀珂的来信，告知姐姐自己目前正在东京念书。沉浸在无限伤感中的萧红，想到自己离家出走多年，与嫡亲的弟弟一直未曾谋面，内心深处残存的亲情刹时间汹涌泛滥。

听从了朋友的建议和亲情的召唤，萧红决定东渡日本，而萧军暂去青岛，一年之后再回上海相聚。或许，短暂的分离，能够让彼此拥有独立的时间和空间，抚慰身心的伤痛，调整错位的生活轨迹，籍以挽救濒临灭绝的感情。他们期待着距离能够唤回最初的美好，等到来年再见时，一切如初。

远赴日本，是萧红的无奈之举，她渴望着能以空间的距离弥补精神上的错位和缺失。而对于萧军，这样的别离却有着潜意识里不为人知的窃喜。这一次的小别，原本就是彼此心灵不对等的托付。她依依惜别，他却是奔着自由而去。

1936 年 7 月 17 日，萧红登上了驶向异国的轮渡。在渡海的途中，她充满无助地给萧军写信："海上的颜色已经变成黑蓝了，我站在船尾，我望着海，我想，这若是我一个人怎敢渡过这样的大海。"

自出发之始，萧红便表现出对萧军极大的依恋和牵系。她如风筝一样，虽在空中飞翔，引线却掌握在他的手里。他所在的位置，永远是她的目光和思想，迢遥着必将抵达的终极。而萧军则像是想要脱离轨道的星球，时刻准备着往自我的空间里飞去。

从哈尔滨到青岛，再到上海，两个人一路都是相依相伴，从未分离。当年在上海时，因生活拮据，他们晚上挤在一张小床上睡觉。后来，终于又借到了一张床，开始分床而睡。熄灯后，萧红的抽泣声却嘤嘤而起，萧军探问原因，她说："我睡不着！不习惯！电灯一闭，觉得我们离得太遥远了！"孩子气的表情让萧军哭笑不得，唯有摇头叹息。

而别离之后，萧红虽然过着"自由和舒适，平静和安闲"的异国生活，然而精神和肉体的双重依赖，令她根本无法忍受萧军不在身边的痛苦。思念的潮水漫延了她的世界，让她身心疲惫，孤独无依。

在那个樱花盛开的国度里，她依然是那个柔弱无助、苦苦等爱的痴情女子，在她狭小的世界里，他就是她的天和地。她用幻想和期待，维系着那份欲碎的感情，渴望着在她的爱情里，某一天会有凌空出现的奇迹。

萧红在日本住所的北边，有一处植满了松柏的山坡，雨天里，从窗户望出去，珠络晶莹，碧绿的颜色葱翠欲滴。朦胧而又宁静的环境里，似乎听得到那些飞在枝间鸟雀羽翼振动的声息，令人心醉神迷。

然而萧红却无心贪恋景色，透过满目的繁华，她只听到雨声和自己孤独的脚步。她不习惯异乡孤寂的夜晚，她不喜欢那些聒噪的蝉鸣和木屐声。住在日本画一样的房子里，她先想到的是，他若一起来，会有怎样的欣喜。

漫步在东京喧嚣的街头，她的寂寞却深彻入骨。穿过来来往往的人群，她仿佛看到了当年的哈尔滨，虽然洪水泛滥，蚊虫肆虐，于她却远胜于如今的安宁静谧。而那些贫困却甘之如饴的日子，早已经恍如隔世。

那时候她穿着单薄的衣衫，躲在狭窄阴暗的屋子里，面对着空空的四壁，忍受着寒冷和饥饿，等着她的爱人归来。他们的物质生活极度贫乏，而精神上却又是无比富有。他携她的手，一起走过泥泞的道路。

那时候他们的爱情刚刚开始，却拥有着奔放的青春和激情，常常拿着三角琴，走在哈尔滨的街头，纵情地弹唱，旁若无人，无所顾忌。他们沉醉在甜蜜的爱情里，像一对无忧无虑的孩子。而如今，那些过去了的艰辛和静寞，是怎样的温暖的回忆。

　　身在异乡，心无所依，她把思念付诸文字，写在纸上，传递到海的彼岸，期待引起萧军的共鸣，聊解相思之苦。她在信中，亦不忘叮咛安排萧军的生活，让他记得吃药，晚上少吃饭，少去游泳，买一条毛毯，换柔软的被子和枕头……种种关切，点点滴滴，都是牵念。

　　她为他低首到了尘埃里。不奢求换得他全部的温情，只期待着有朝一日，在他回眸的瞬间，他的视线里，还会有她存在的位置。她不明白，当爱情卑微到了退而求其次的地步，其实早已经没有了继续下去的理由和价值。

　　何况，粗犷豪迈如他，并不理解她细碎的温柔和绵密的伤感。她在信里向他倾诉着，腿上被蚊虫叮了个大包，或者他听她命令吃了鸡蛋，她便孩子般的欢欣雀跃。这些小女子的依恋和娇怯，他都觉得小题大做，不可思议。他已经失去了哄劝安抚她的耐心和情趣。

　　长久以来，困顿的生活、频繁的迁移使萧红的身体饱受侵蚀，她面色苍白，一望而知是贫血的样子，才二十几岁就有花白头发了。她还时常头痛，并且有一种宿疾："每个月经常有一次肚子痛，痛起来好几天不能起床，好像生大病一样。"

　　无以复加的思念和孤独，遮蔽了日本岛幽雅静美的景致。萧红郁郁寡欢，身体上的病痛也日益显露。在日本，她人地生疏，日语不好，又不熟悉药品的名字，医疗条件的缺失，使她根本无处医治，头痛、胃痛、发烧，她在信中不断地向萧军诉说着病痛的苦楚。

　　他是健康强壮的，而她却病弱无依，他很难体会到她病中特有的敏感和神经质。于是他所谓的关心，便只是理性上的礼貌之举，他没有办法设身处地。这种漠视和冷淡，也增加了他们心灵和情感方面的裂隙。

　　萧红不是不清楚他们之间的差距，她在给萧军的信中说："你亦人也，吾亦人也，你则健康，我则多病，常兴健牛与病驴之感，故每暗中惭愧。"而若健牛和病驴同拉一辆车，那么彼此的牺牲不言而喻，否则就是分道扬镳，各安其命。世间情事，阴晴圆缺，古难两全。

而萧红在日本写给萧军的信中则说过："你是这世界上真正认识我和真正爱我的人！也正为了这样，也是我自己痛苦的源泉，也是你的痛苦源泉。可是我们不能够允许痛苦永久地啮咬我们，所以要寻求各种解决的法子。"

在寂寞而孤独的日子里，萧红并没有放弃写作，这是她生活中全部的骄傲和趣味。她一边学习日语，一边写出了《红的果园》、《孤独的生活》、《王四的故事》、《牛车上》、《家族以外的人》，以及诗歌《沙粒》等作品，并在国内的一些刊物上发表。

到日本后，弟弟张秀珂已经因故回国。因了与黄源的友情，萧红便和许粤华租住在一起。许粤华学习日文已近一年，应付日常生活游刃有余，并且能翻译一些简单的文字。她在日常生活中照应着萧红，带她一起学习日语，她们很快便成为知己。

闲暇时候，她们一起散步、聊天，评说着异域风情，交换着女人心底的秘密。许多个灯火阑珊的夜晚，她们蛰居在异国的小屋里，深陷于各自无边的回忆，倾情地述说着过去，坦露着彼此的生活经历。

萧红告诉许粤华她和萧军的故事，讲到她和他初遇时的狼狈不堪，他在洪水中"英雄救美"的惊世之举，还有生活困顿时她关于饥饿和寒冷的刻骨记忆，直至最后，他们流亡于青岛、上海，通过鲁迅先生的帮助，在文坛上取得了一席之地。

然后，她说："他就像是一场大雨，很快就可以淋湿你。但是云彩飘走了，他淋湿的就是别人。我就像他划过的一根火柴，转眼就成了灰烬，然后他当着我的面划另一根火柴。"她的眼睛里飘忽着忧郁的色彩，痛彻心底，而目光深邃却穿越时空，追逐到千里之外。

萧红倾诉着她内心的苦楚，没有顾忌，她把许粤华当作了异乡的知己。而许粤华则惊异于他们的传奇经历，萧红的诉说让她的心里泛起了浅浅的涟漪，她不由得在内心深处勾画出了一个东北硬汉的豪放写意。

萧红并不知道，正是她对萧军深情而详实的描述，勾起了一个女子潜意识里的好奇。而她的闺蜜那时也并没有意识到，她内心深处的波澜频起，其实已经是一种不可遏制的渴望和探求，他的影子已经深植在了她的心里。

萧红在异乡的一次释放自己，却为萧军的再次出轨埋下了伏笔。1936 年 8 月份，因为黄源的父亲病重，许粤华不得不结束了在日本的学习，提前回国。另一位同住的女士也因故搬走，萧红重新陷入了身体和精神的双重孤独里。

屋外是阴雨连绵的天气，屋内的萧红发着高烧，形单影只。透过窗户，望着雨雾中的景致，她百无聊赖，写信给萧军，诉说着身体的病痛和心里的苦闷，她委屈着他的忽视，同时又絮絮地罗列着一些琐碎的起居。

而此时的萧军，独居青岛，住在山东大学教员单人宿舍里。一个人近乎与世隔绝的日子，他却过得悠然自得，山水清明。对于别离，他的感触与萧红大相径庭。他难得地摆脱了繁复生活的羁绊，超越了柴米油盐的俗庸，终于还得了自己轻松愉悦、乐观逍遥的初衷。

他可以不必再时时牵挂着家里的女人，更不用按照她的意愿处处收敛着自己。远离了她任性和神经质地管束，他随意地穿着，不拘小节，他激情地放纵，不在乎世情。呼吸着自由的空气，他感到无比惬意，几近乐不思蜀。

他不是不想念萧红，只是他的思念远没有她来得浓烈和执着。她狂澜迭起，他却如涓涓细流，她倾尽身心，而他只是分出一隅。他曾以倾覆一座城池的狂热来爱她，如今，却没有了为她放弃一间小舍的情致。

　　他回复她的书信，时而真情流露，时而却婉转应付。他早已经习惯了她的喜怒转换，偶尔迟复，他也无视她的焦灼与牵念。男人的冷漠与女人的悲情，在被海洋隔开的两岸情思里，展示得淋漓尽致。

　　多年以后，萧军回忆起在青岛的那一段生活，仍念念不忘，深有感触。脱离了世俗的轨道，不被关注，亦无须计谋，自由地思索和写作，不受外力干扰。徜徉在一个人的世界里，拒绝各种思想和感情的烦扰，他找到了自由的呼吸。而些许的孤独和寂寞完全可以忽略不计。

　　美丽的青岛赋予了萧军身心的松弛，他驰骋着思绪，心无旁骛，开始了单纯而有规律的写作生活。在这期间，他创作颇丰，不仅完成了长篇小说《第三代》的第二部，还写了两篇取材于青岛的散文《邻居》和《水灵山岛》。

　　隔着遥远的海域，两个人各居一隅，不同的心情，在思念的两端系上了不对等的重力。暂存的爱情，经不起时间不停地抽丝、剥离，那些缓慢地碾过心头的压力，空气一样稀薄轻柔，却埋藏着最深的疼痛，尖利如针刺。

　　她凝望着海面，他的影子注定了是她一生的风景，占据了她的眼睛和心的全部，亘久而固执。而爱的画面，却雾气氤氲着，终至淡极，消逝。

第二章

鲁迅逝世

　　昨夜，我是不能不哭了。我看到一张中国报上清清楚楚
登着他的照片，而且是那么痛苦的一刻。可惜我的哭声不能
和你们的哭声混在一道。

——萧红《海外的悲悼》

　　人世间有万千情感，唯有一种是永世不变。拥握着亲情的温度，
精神上便有了永不败落的荫庇和无可取代的归属。在生命的漫长与短
促里，亲情是一种被忽略掉了过程的习惯，经久而固执地居留，绵延
不绝着身心的依傍和温暖。

　　一个人，可以很安静地走着自己的路，独自释放着空灵的思绪，
在每一个温婉的白天和幽静的黑夜里。而当厚重的雾霭，挟裹着冷冽
的空气，汹涌着弥漫，整个世界都模糊迷离，凡尘物事，一点一点地
飘忽而去，无边孤寂中，没有了退路，在心底最深处，总会记得，还
有生命存在的最后依据。

　　萧红的一生是一幅仓促的素描画，画中的每一处背景都涂抹上了
悲剧的浓墨重彩。她在自己命定的几个男人中，一次次地逃离，再回
归，辗转于生命的谜题，却错落无解。他们走进她的生命，不断地选

择她，重塑她，再抛弃她。每一次，她的爱情都千疮百孔，生存的状态岌岌可危。

幸好，她的生命里不是只有爱情，在她身边的男人中，也并不是都对她只有索取。有一个男人，是她一生中的唯一，他的爱，长存于她的心中，给了她永世不会冷却的人性暖意，是她短暂生命中任何苦痛都不能抹去的真纯与美好的记忆。这个男人，便是她的祖父。

祖父是萧红童年的画面中最为鲜明的一笔亮色。对于亲情，她或许是过于贪婪地攫取，而渴求的背后，有谁知道，是如何深重的缺失。祖父是萧红短暂一生中不可或缺的情感慰藉与精神支柱，是她的生命里最为重要的一个男人。

有朋友说，鲁迅先生对待他们象父亲一样的温暖，却激起了萧红强烈的反对。她说世间没有那么好的父亲，应该说是象祖父一样的亲人。对于她来说，父亲只是代表着严酷，而祖父才是爱与温暖的化身。鲁迅先生在她的心中，已经是并重于祖父，无可替代。

她从祖父那里得到了人生中最初的爱和温暖，而多年以后，这份温情在鲁迅先生的身上得到了延续。他在生活和精神上给予她双重的指引与帮助，并且给了她正义的力量，扶助她冲破困境的阻滞，明晰了人生的目的，并且坚持不懈地为之努力。

空间的距离，可以隔断温暖和寒凉的地域，却隔不断目光不肯放弃的追逐。当身体被包裹在狭小的空间里，思维便穿越时空，描摹着幻象。黑夜里的苍茫，席卷着掩去来时的方向。置身于异乡的一方世界，她的掌心里，握住的是此生最后的一阙心醉和感激。

在东京的日子渐趋平静，周遭的一切慢慢地归入了预设的轨迹。萧红习惯了一个人的生活，身体的病痛也略有减轻。她安稳地学习，潜心写作，并且开始计划着冬季生活的必需。而恰在此时，她却惊悉了鲁迅逝世的消息。

10月21日，萧红在一个小饭馆里吃早餐时，听到有人隐约在谈论着鲁迅的死。她惊悸地心跳，完全呆住，周围的喧闹忽然静止，各式各样的面孔，沉默着与她拉开了距离。她再也没有了继续吃饭的情绪，木讷地走回到她的住处。

她找到了一张报纸，看到上面有关于鲁迅的消息。由于不能完全看懂日文，她不确定自己所理解的事实，于是慌乱地乘上电车，一路流着眼泪，急不可耐地跑去询问唯一的熟人。那熟人看过之后，回复说是她看错了，那只是一篇访问鲁迅先生的文字。她如释重负，终于安心地回去。

直到第二天，萧红才切实地印证了鲁迅的死讯。走在街上，她的心情无比沉重，视线里是无限的空虚，早晨的太阳明亮得刺目，她眼里的景致却失了色彩，苍白无力。远处的山，身边的树，还有嬉闹的孩童，喧嚣的街市，都忽远忽近，象是上演着无声的话剧。

傍晚时分，邻居家日本乐器"筝"的节奏如常响起，在她听来却变得哀婉凄迷。她茫然地坐在窗前，呆滞的目光无所归依。她的脑海里只是浮现着鲁迅先生的样子，他和蔼的笑容，幽默的言辞，他对他们那么纵容，这一切都恍如昨日。

她想起他们刚到上海的时候，举目无亲。在寒气砭骨的陌生地域，他们一无所有，餐风饮露，唯有凭借先生书信中的话语，攫取着些许的暖意。萧红在后来的文字里说过："我们刚来到上海的时候，不认识更多的人，在冷冷清清的亭子间里，读着他的信，只有他才安慰着两个漂泊的灵魂。"

在鲁迅先生的面前，她时常象个孩子一样暴露着顽皮的天性，无所畏惧。在他们还没有见面的时候，她就曾在写给鲁迅的信中，对称她为"女士"表示不满，坚决反对。而在下一封里，鲁迅便半开玩笑地问道："悄女士在提出抗议，但叫我怎么写呢？悄婶子，悄姊姊，悄妹妹，悄侄女……都并不好，所以我想，还是夫人太太，或女士先生罢。"

这一次略带童稚的"抗议"，对他们之间的融合发生了微妙的含意。不只是改变了最初通信时彼此礼貌拘谨的态度，而且，鲁迅在回信中表现出的调侃的语气，也为他对他们的好感埋下了伏笔。

在萧红的一生中，安稳的日子总是与她失之交臂。从十七八岁离开家门，到三十一岁去世，短暂的时光里，萧红经历了十几个城市。而在每个城市，她停留的时间都不超过一年，即使是在上海这一座城市，为了谨慎和安全，她也搬过七八次家。有一段时间，他们还与从哈尔滨辗转投奔过来的罗烽、白朗夫妇同住，生活条件仍是十分艰苦。

时间的流逝于不经意间洗去了一些浅淡的痕迹，却也留下更多深刻的印记。萧红、萧军与鲁迅夫妇交往日久，情谊渐深。1935 年 11 月 6 日，应鲁迅先生的邀请，他们第一次到北四川路底施高塔路大陆新村先生的住宅去拜访。

第一次走进鲁迅先生的家里，是在那一天的黄昏，屋子里的光线有一点昏暗，所以鲁迅手里纸烟的光亮和升腾起的烟纹便留在了萧红的记忆里。还有瓷釉花瓶里种的几棵万年青，也吸引了她的目光。来自北方的萧红，对于这些在四季里都不凋零的植物，总是带着一点惊喜和新奇。

那个晚上的谈话愉悦而温馨，鲁迅先生兴致颇高，他们担心会打扰病后初愈的先生休息，几次欲起身告辞，都被诚恳地挽留。先生慈爱的面孔和他无意流露出来的若隐若现的孤独感，深深地感染了萧红，她内心深处唏嘘不已。

后来，下起了淅淅沥沥的小雨，时近子夜，他们不得不告辞出门，鲁迅夫妇亲自送他们到弄堂外面，并细心地叮嘱着路上的标记。

那一刻，先生慈父一般的神态深刻在了萧红的记忆里，难以销蚀。

1936 年 3 月，萧红和萧军搬到北四川路底的"永乐坊"居住，成了鲁迅先生的邻居。自此，他们更是成了鲁迅家里的常客，关系日益亲近。对于萧红这样一个永远长不大的孩子，鲁迅先生慈爱而宠溺。在萧红的潜意识里，先生的影子几乎可以与童年时期的祖父重叠，在她的生命中占据了如此重要的位置。

她回忆着那一次，自己穿了件大红颜色、款式新颖的上衣，跑到鲁迅的家里，孩子气地炫耀一般问鲁迅："周先生，我的衣裳漂亮不漂亮？"鲁迅回答说："不大漂亮。"并且解释了一番她的搭配不对，又谈了衣服的色彩怎样同人体的胖瘦肤色相协调的话题。鲁迅的见解和知识面的宽广令萧红十分佩服。

后来，当许广平拿一条粉红色的绸带装饰萧红的头发时，鲁迅却迅即沉下脸来，严肃地对许广平说："不要那样装饰她……"一时间，在先生不怒而威的眼光里，两个调皮的女子都安静了下来，相视而笑，兀自变得沉稳庄重，收敛了顽态。对萧红而言，至今那目光都令人难以忘怀。

在上海时，萧红经常在鲁迅家里吃饭，她也常常会不无得意地展示她的厨艺。她做的韭菜合子、烙荷叶饼、葱油饼，都是鲁迅先生念念不忘的家常美食，先生即使是脾胃不好，也总是在饭桌上向许广平请求，能否再多吃几个。吃过晚饭，萧红还经常随鲁迅一家一起去看电影，关系融洽而亲密。萧红在鲁迅身上得到的不仅是导师的教诲，更是她渴望已久的"母爱"的弥补。

鲁迅先生明朗的笑声，让萧红觉得，那真的是从心里流露出的欢喜。若有人说了什么可笑的话，鲁迅常常会笑得咳嗽起来，甚至连烟卷都拿不住了。鲁迅先生走路很轻捷，她记得最清楚的，是他刚抓起帽子来往头上一扣，同时左腿就伸出去了，仿佛不顾一切地要走出去。

鲁迅曾给予她父辈一样的慈爱，甚至于细微处提示她做人的方式。他要她保留从北方农村带来的"野气"，不要沾染上海文坛上"扭扭捏捏，没有人气，不像人样的江南才子气"。他还引领她在写作方面摒弃既定的俗套，希望她最好是常到外面去走走，看看社会上的情形，以及各种人们的脸。

在文学创作方面，鲁迅是她不折不扣的良师和伯乐。正是鲁迅的发现和提携，才有了萧红在文坛上的异军突起。如钱理群所说："当萧红用她纤细的手，略带羞涩地叩着文学大门的时候，鲁迅已经是现代文学的一代宗师了。"

倾情的关爱，无微不至的用心，一份伟大的温情收容了两颗无处安放的灵魂。鲁迅先生的持久关注是萧红和萧军意料之外的幸福，他们不知所措，却又蓦然惊喜，两颗漂泊已久、几近僵硬了的苦难心灵，在那个城市，被浸润得如婴儿般柔软温顺。

后来，当萧军对感情的叛离让萧红无能为力时，无边的失望和哀怨让她几近窒息时，她只能日日去鲁迅家里，孩子一般无所顾忌地释放着自己的委屈。然而，病中的鲁迅先生已经不能再给她宽慰和呵护，她陷入忧伤的世界里，无以排遣，无处逃遁。

萧红每天都流连在鲁迅先生家里，令许广平十分为难，她要照顾病中的先生，还要抽空陪伴萧红，分身乏术。但她又深深理解萧红的痛苦和寂寞，面对着萧红苍白憔悴的面容和日益倦怠的精神状态，她不忍心拒绝她。

而敏感聪明如萧红，如何会觉察不出这些细微之处。萧军的世界里绯闻不断，乱花迷离，萧红无力承受，开始用烟酒来麻痹自己。甚至一度曾短时间的离家出走，虽然因了萧军的小小妥协而暂时回归，但他们的生活却又陷入了周而复始。

萧军依旧是流连于花丛中，折尽花枝，而萧红也只能是望着他的背影，暗自成伤。两个人开始频繁地争吵，曾经共患难的爱情，似乎消失殆尽。他的喜爱"恃强"和她的过度"自尊"仍是两两相对，无法共处。

沉浸在无边的哀怨和伤感中，萧红虚掷光阴，荒废了时间，也打扰了周围朋友尤其是鲁迅先生一家的生活。而她的才情也被她自己埋没进了尘埃里，自完成《商市街》系列散文之后，她便整日里碌碌无为，几乎荒芜了写作。

至此，她才决定远赴日本，告别过去。临走之前，萧红一改过去的平淡朴素，刻意地改变了发型和服饰，以期彻底地告别忧伤，抛却过往，挣脱幽怨情感的束缚，以全新的姿态，开始新的生活。

他们两人还和好友黄源一起，到照相馆拍了一张合影，留作纪念。照片中的萧红，穿一件花格旗袍，蓬松的卷发，颇为洋气。萧军曾送给鲁迅一张，先生还在照片的背后题字："悄于一九三六年七月十七日赴日，此像摄于十六日宴罢归家时。"

病中的鲁迅先生对于萧红和萧军的生活并没有停止过关注，看到他们终于摆脱了困境，先生也是颇感欣慰。在萧红起程的前两日，高烧未退的鲁迅在家里设宴为其饯行，许广平亲自下厨。

当晚，鲁迅先生还强撑着病体，叮嘱萧红一些出国的经验，像慈父牵挂着即将远行的孩子。这份温暖的亲情让萧红内心无比酸楚，而她又何曾想到，这是先生与自己的最后一次谈话，那晚的离别，一转身，竟成永诀。

到日本后，萧红便没有再跟鲁迅先生联系过。或许，她对于自己在上海时，因内心的情感纠葛，曾无休止地打扰病中的先生深感内疚，而刻意回避。又或者，一年的时间并不长，她只是想在归去时依旧如从前般展示孩子的调皮，给先生一个突兀的惊喜。而如今，鲁迅先生永久地去了。天人相隔，她再也不能对着他放纵地哭和笑，抑或是倾诉。

对于鲁迅先生，萧红的理解和认知，超越了常人，直抵灵魂深处。自东京返回上海后，她第一次拜谒鲁迅墓地时，情难自已，曾写下《拜墓》一诗："我哭着你/不是哭你/而是哭着正义/你的死/总觉得是带走了正义/虽然正义并不能被人带走。"

而在鲁迅逝世三周年之际，她从亲情的视角，以原生态的叙述，写了《回忆鲁迅先生》的系列文字，摒弃了格式化的立场和距离，没有仰视和崇拜，而是以女性细腻温柔的笔触，于日常琐碎中还原了一个真实可鉴的鲁迅，让读者触手可及。

在当时，萧红回忆鲁迅先生的文字曾遭到萧军的当面嘲讽，斥其琐屑凡俗，其他的作家朋友对其也多有不屑。而在多年以后，当时间的洪流冲刷干净了荒野的泥石，巨峰的面目率真地裸露，那些虚华的浮辞隐隐散去，萧红的文字便成为平凡的经典，被后人推崇备至。

三个月前，她向他告别的时候，他还是那样安静地坐在藤椅上，微笑着叮咛她，而现在，沁凉的空气中只剩下她的伤情，不知道他睡到那里去了。

第三章
东风无力

　　这花狗一直躺在外院的门口，躺了三四天了。凡经过的
人都说这狗老死了，或是被咬死了，其实不是，她是被冷落
死了。

　　　　　　　　　　　　　　——萧红《花狗》

　　世间事，总在缘起缘灭间，循回飘移。有些故事，其实从一开始
便已经注定了结局。若一朵花开错了季节，那么，任凭身姿如何妖
娆，媚影婀娜婆娑，也终是会错过生命的春色，寂寞地萎落。逃脱不
掉的结局，花瓣在尘埃里纷飞、飘散，游丝软系。

　　纵使在含苞的那一刻，心中的期翼曾万般热切，韶华亦是匆匆逝
去，不曾驻足。盛极与凋零，都只是瞬息。当那些散落的花雨，不期
然地缤纷而至，平静的心境忽然地沾惹了湿润苍凉的气息，回忆便在
空灵的世界里弥漫，徒留叹息。

　　而终其一生，为了那个于千万人之中逶迤而至的身影，以及随风
而来的讯息，凌乱地摇曳，狂热地欣喜，绽放出终极的华丽。在路的
尽头，也只能道一声各自珍重，独自啜饮着晦暗或旖旎的时光，茕茕
孑立。曾经的爱，遗留在心底，只温暖过去。

　　遗落的花瓣，委靡地匍匐着，层层堆积，干涩的影子，已无从追寻旧日的盛极。风不断地挪移着它们的归宿，欲诉无语，便只有在黑暗里，贪婪地撷取一些往日的情节，再丛叠着涂抹出一场又一场欢悦的幻境与虚拟。

　　然后时光，依旧安静地反反复复，纷纷攘攘的人群，漠然地来去。却绝不会有人顾及，那些蜷缩在角落里卑微的影子，是否在吟唱着旧日的歌曲。曾经的葳蕤随风而去，生命的脉络，却永久地深刻、清晰。

　　相遇的初始，萧红便曾讶异于萧军关于爱的哲学，那仿佛是出自于一个粗放且没有担当的莽夫。然而那时，或许是爱的光芒遮掩了背后的瑕疵，又或者，她身处险境，他的爱是她黑暗里唯一的光亮，她无暇他顾，只能抓住。于是，她全力地奔赴，彻底而盲目。

　　当她在东京，他在上海，她是孤单的，他的生活却阳光灿烂。她在怀念中艰辛而执着地延续着隔断在天涯海角的思念和爱恋，而他却是倘徉着自由的惬意，取次花丛，频频回顾，在温柔乡里，沉醉不知归处。

　　她一厢情愿地以为，毕竟他和她一起经历过命运的苦难和艰险，当楚歌声起、危机四伏时，他们也曾不离不弃，相守相依。贫穷的生活，却过得幸福而充盈。所以她一直坚信，他们之间的爱，终会圆满，而生活的画卷，必将温柔地舒展。

　　萧红书简上有这样一句话："在人生路上，总算有一个时期在我的脚迹旁边，也踏着他的脚迹。总算有个灵魂如两根琴弦似的互相调谐过。"如今，当时间的脚步跨越了近一个世纪，我们沿途回溯，仍然不能质疑那段苦难岁月里的爱情，曾坚固而真实。

　　而世间万事，如风拂过，纵是不嗔不喜，安然地去来，亦敌不过时间的描摹，回首时早已经物换星移，改换了本来的面目。当光影掠过，寒鸦栖息，万籁寂静，天地合一，掬一捧微凉的清晰，却把握不住流逝的点滴。那些植入心底的温暖，是散落的回忆，逐一地消失。

1936年的9月，萧军在青岛写过一篇纪实性的小说《为了爱的缘故》，较为详尽地记述了他与萧红从相遇到结合的整个过程。除了萧红散文里的零星描述，这小说便是关于他们之间浪漫传奇的爱情故事的最初记录。

小说中的蓓力，是一个热血知识青年，曾经受过军事训练，一直憧憬着投笔从戎，参加抗日的军队。但他的梦想止步于一次偶然，他结识了一个有文学才能的女子，并钟情于她，为了拯救苦难中的爱人，他经过矛盾和痛苦地挣扎，不得不放弃初衷，选择了爱情，留在了她的身边。

这样的描述，是萧军关于他们爱情的认知，在他心目中因为爱而作出的牺牲，在两个人的生活遭遇瓶颈时，自然是很难得到自我价值的认同。而在萧红的心里，爱是至高无上的，所有的代价都微不足道，所有的付出都理所当然，爱就是无与伦比的存在与占据。

远在日本的萧红读了《为了爱的缘故》，在书信里表露了自己内心的凄然和抑郁："芹简直和幽灵差不多了，读了使自己感到了颤栗，因为自己也不认识自己了……从此我可就不愿再那样妨害你了。你有你的自由了。"这最后的一句话，缠绕笔端，传递了内心里怎样的黯然和悲凄。

或许，在萧军的潜意识中，是忽然出现的爱情淹没了自己曾经的理想，而他的人生也因此才退而求其次。在他看来这是一种为爱的牺牲，而这样的观点萧红却并不认同，这分歧无疑是冲击了他们本已脆弱的爱情底线。爱情的花不觉间已开到荼蘼。

萧军在青岛度完了两个月的假，便返回上海，寄住在好友黄源的家里。那时，黄源的妻子许粤华刚回国不久，当初在日本，萧红零碎细致的叙述本就让她对萧军的男子气概和英雄本色有所仰慕，而她娴雅端庄的气质也于瞬间便入驻了萧军的心里。

他们竟然一见钟情，并迅速地堕入爱河。她对他的照料细致周到，他零距离地欣赏着她的温婉端庄，知书达理，他们情不自禁，完全忘却了道义。而此时，萧红还远在日本，一无所知，她还在热切地憧憬着回国后与萧军重新开始。

萧军此前的婚外恋情，虽然狂放不羁，却最终杳无踪迹。与汪林仅是暧昧，对陈涓是追求未果，而李玛丽则更只是他卑微的单恋，注定了没有结果。而这一次，他的爱终于修成正果，不仅有了热烈的回应，而且让对方珠胎暗结。

当萧红还在书信中殷殷切切地牵系着萧军细微的生活状态，他却在情感的背离中沉浮不定，渐渐飘离。而他也自知，畸形的爱之种子，不会有生存的土地。因此，"为了要结束这种'无结果的恋爱'，我们彼此同意促使萧红由日本马上回来"。

萧红是一个敏感而柔弱的女子，童年亲情的缺失，少女时代爱人的几度遗弃，让她性格上有太过沉重的依赖与患得患失。初到日本，独处异国，陌生和孤寂使她惶恐不安，在写给萧军的信里曾经几度流露出想提前回国的意图。

9月的一天，萧红意外地遭到了东京的刑事骚扰，她的安全感和安逸感瞬间消失。旋即决定，他们若是以后再来，她就立即回国，不再迟疑。生于乱世，文学创作是萧红生命的寄托，也是她生存的价值。她对这个陌生地方的厌倦愈加深重，这样的心绪也影响到了她的创作，她因此而更加不安和焦虑。

面对萧红的犹疑和无助，萧军也担心她过于自苦，于是顺水推舟，告诉她，如果真的不能坚持下去，不如就放弃。然而后来，萧红却又表现出难得的坚韧和强势，她改变了心意，要坚持原本的计划，继续学习日语和写文章。她想要在异国他乡寻找属于自己的那一份完整与充实。

时间的脚步从不曾停驻，无论世间繁华低迷，无视人们表情的悲喜。1937 年的新年，对于萧红来说，与平常的时日并没有差异。她依旧是在夜里，沉默地数着窗棂上透进来的月光，念着鲁迅先生和从前的那些朋友们，然后，像蚕蛹一样包裹着自己。而寂寞，从来都是形影不离。

她和萧军，也依旧是矛盾地相依着，若即若离。他们象两只意图取暖的刺猬，太靠近了，就要彼此刺得发痛，离得远了却又感到孤单。她抽烟，他便以喝酒来报复，她嗔怪他和一个草叶在分胜负，因为她觉得自己孤独得如一张草叶似的了。而她也知道，她在信里叮嘱他的事情，他一样都没有做过。

文学创作是萧红的灵魂和生命，萧军在朋友面前评判她的文章，贬低甚至鄙视的话语，刺痛到了萧红的心灵深处。而萧红曾说过萧军是具有"强盗"一般灵魂的人，也深深地伤害了萧军，他认为他若没有类于这样的灵魂，当年的她便不会得救了。

日子在分立与妥协的交替中平淡地过去，而伴随着新年一起问津萧红的，是一次莫大的耻辱和打击，她从朋友的来信中意外得知萧军新的恋情。晴天丽日中忽遇狂风暴雨，丈夫的情人，朋友的妻子，自己的闺蜜，她在迷朦中不断地转换着所有的关系，她无法将他们重新定位，再一一地划分清晰。

这一次，萧军的"不忠"，是对于萧红心灵深处最不堪的一击。爱情与友情的双重背叛，令她万念俱灰，沉入谷底。无法言说，无人倾诉，她把痛苦碾碎，缠裹在身体里。正如她在诗中所说："什么最痛苦？说不出的痛苦最痛苦。"

在散文《度日》中，萧红曾这样描述："天色连日阴沉下去，一点光也没有，完全灰色，灰得怎样的程度呢？那和墨汁混到水盆中一样。"墨汁混到水里，恰如此时情景，是怎样的混沌无解，怎样锥心的痛楚。

他们的爱情，一路跋涉，避过了天灾的捉弄，却躲不过人为的迷失。他的背影渐渐远离，任凭她的心里依旧充满着爱和追求，却如抓不住的指间散沙，一点点流失。她身心俱疲，她已无能为力。

她在悲观低迷的情绪中完成了组诗《沙粒》，写尽心情的灰暗与悲苦，其中一些短诗甚至传达出几至绝望、极度厌世的心绪。"今后将不再流泪了，不是我心中没有悲哀，而是这狂魍的人间迷惘了我了。"

倔强而孤傲的萧红，再也不能假装平静地继续归隐。1937年1月9日，她没有任何预兆地悄然改变了蛰居一年的初始计划，突然离开东京，前往横滨，搭乘"秩父丸"邮船返回上海，结束了近半年的异乡生活。

当轮船渐渐地驶离海岸，她的思绪飘回了半年前，一样的情景，却是更加灰暗的心情。离去和归依，都不是悲情的结束，她的爱，早已经茫然地没有了归处。上海已是没有鲁迅的上海，萧军也成为爱上了别人的萧军。她不知道这一次旅途的终点，她将面对的是怎样的错综繁复。

然而萧红，毕竟还是深爱着萧军的。所以，在见到萧军的那一刻，她的心，已无端地妥协。所有坚硬的伪装都一败涂地，她又成为那个匍匐于尘埃中的小女子，心柔软成绕树的藤蔓，曲折回桓，纯净的空间容纳了爱人所有的有心或无意的过失。

她幻想着时空可以倒置，一切的污浊都能够被时间洗去，而他们可以退回到没有嫌隙、平静安稳的日子。然而生活的剧本，不能够任意修改，我们也无法将那些晦涩的章节一笔抹去。所有曾经出场的人物，都必须沿着既定的轨迹，一路走下去。

　　回到上海，迎接她的是萧军和黄源，而更令她意外惊喜的是还见到了弟弟张秀珂。他于1396年来到上海，找到了萧军，萧军帮他找了住处。萧红问弟弟："你同家脱离关系了吗？"张秀珂回答："我是偷着跑出来的"。当他向姐姐讲述家里的情况时，萧红说："那个家不值得谈了。"

　　回到上海后，萧红恢复了经常去许广平家中拜访的习惯。在那里遇见的朋友们眼中，萧红恢复了往日的模样，梳着平顺的短发，穿着简单朴素，笑容可亲。而上海的文坛也向她和萧军敞开了大门，他们的生活有了很大的改观。

　　只是，在那段时间，萧军除了与黄源等人一起主编《鲁迅先生纪念集》之外，还积极投身于各种政治活动，早出晚归，行踪飘忽。家成了他偶尔憩息的驿站，他对于萧红也是日渐疏远，视若无睹，不再顾及她的喜怒。

　　当时萧军的忙碌另有一个不可告人的原因，就是他与许粤华那段无果的恋爱遗下的恶果。许粤华做了人流手术，萧军忙着照顾她，自是无暇兼顾萧红。他们之间的情感裂隙，逐渐加深，终致难以弥合。

　　当许粤华把萧红约到医院，哭着向她忏悔，诉说着他们之间发生的一切，萧红没有回应，只是木然地站立。而平静的表情却掩饰不住内心的飓风肆虐，那一刻，她脑海中交替浮现着的，是许粤华关切的眼眸和萧军深情的凝视。

　　一直以来萧军和朋友们对她都刻意地隐瞒，而她自己也本能地推迟着事情的暴露，对已知的事实视而不见，难得糊涂。她并不是真的想无止境地躲藏在真相背后，蒙蔽着自己的双目，她只是不知道，有朝一日，当那些已然明了的情景，在面前真切地坦露，她要以怎样的姿态和面具，才能够做到平静如初。

　　如今，这一切，自许粤华的口中那么轻易地一泄而出，曾经的灰暗底色铺展在阳光下，明亮绚烂得让萧红措手不及。自欺欺人的伪装瞬间脱落，许久以来背负着的沉重，亦步亦趋，也轰然地倒塌一地。她痛到微笑，却居然感觉到一种从未有过的轻松，混合着陈杂的失意。

　　友情和爱情，是两朵并蒂盛开的花儿，各自妖娆，归结在生命里。拥有其一，便是人生幸事。而这世间最真实的两种情感，在萧红的世界里，却最终被重叠到了一处。她不能再掩耳盗铃，也不确定自己是否有勇气将二者重新剥离，或者，失去哪一个会让她更加难过。

　　匆匆赶来的萧军，意外地看到这样的情景，他怒视着许粤华，质问她为什么要拆穿他苦心经营的情节，而萧红用冷静的眼神阻止了他的爆发。"我们真像是在演戏。"这是她离开之前，留给萧军的最后一句话。

　　对于萧红，生命的过程就象是一种怪异的轮回，她固执地追逐着简单安宁的生活，却总是在千辛万苦地得到所求后，再被迫一次次地放手。离开，成为她生活中一种惯常的状态，那些安宁稳定的生活情景，于她都只是对岸的风景，近在咫尺，却又远至天际。

第四章
珠分钗折

今后将不再流泪了，不是我心中没有悲哀，而是这狂魍的人间迷惘了我了。

——萧红《沙粒》

一幕戏结束，一曲又将开始。舞台上来来去去的角色，顷刻间便转换着不同的面目。尽管涂满油彩的面孔上，眉目模糊，仍带着不曾了却的顾盼，挥洒自如。看似不羁的表情背后，却隐藏着辗转飘零的心绪。不问，不语。

其实生活，恰如舞台上的剧目，循序地上演，未经排练，却似曾相识。剧本缺失，剧情便是随机的变数，或斑斓华丽，风生水起，或百般拙劣，破碎支离。而尘世中的过客，都是身陷其中的角色，在仓促的剧情里，踉跄地占据着一席之地。

每一场相遇，都是偶然的客串，没有人能够在开始的时候便完整地预测出结局。总是以为那些偶遇的温暖，就是此生探求的归宿，而时间可以将爱情永久地停驻。于是，一世的温柔，就那样被掌握在手心里，交付得决绝而容易。

当重逢的喜悦转瞬间烟消云散，更多的失望随之而至，模糊了视野，笼罩了天际。多年的共同生活，早已经让激情退却，无论是快乐或失望，坚持和妥协，理性的说教和感性的触摸，都不能唤回曾经的热切。他们之间的爱情成为了一种沉重的奢侈，彼此都不堪重负，亦不忍丢弃。

在渐行渐远的的失意中，萧红再一次萌生了离家出走的念头。其实，在蛰居日本的日子里，独自一人面对生活中的千般变故，疾病、孤独、哀思、焦虑，她的内心逐渐变得强大，女性意识也开始复苏。

当她走了那么远的路，回来之后，看到一切都还是旧日的模样，不曾有丝毫变化，她的内心里，其实已经萌生了深深的倦意。只是，固有的习性，让她懒于极快地改换生活状态，而宁肯让日子暂时于无声中落寞地延续。

那天，她在报纸上偶然读到一则招生广告，那是萨坡赛路附近的一家私立画院，名叫白鹅画院。她立即去了解了画院的情况，那里不但可以寄宿，而且能够继续研习她自少女时代就极其喜欢的绘画艺术。

对于此时的萧红，这自然是一个极好的去处，她毫不犹豫地报名进了那家画院。在一个清晨，她独自一人，收拾了简单的行李，静静地离开家门，住进了画院里。她没有惊动熟睡中的萧军，也没有告诉其他的朋友，她只是想暂时避开世俗，逃离萧军的视线，给自己一个疗伤的空间。

可是很快，她的行踪便被萧军的朋友无意间获知。他找到了画院里，要求她立即回家。而画院里的人在得知他们的家庭矛盾后，也不想生事，拒绝她在画院继续学习。萧红不得不回到了家里。

他们的境况并没有好转，萧军的暴力倾向却日益严重。痛定思痛，萧红开始认真地考虑着她与萧军之间爱情的切割。萧军强势的性情和自以为是的外遇终于把萧红逼得没有了退路，无处遁形，她只能强迫自己学会独立。

4月23日，萧红又独自一人去了北平。坐在火车上，面对着晴好的太阳，她贪看着野景，却透过车窗，看到了一闪而逝的画面："窗外平地上尽是些坟墓，远处并且飞着乌鸦和别的大鸟。"

也许从这一刻起，萧红开始对萧军灰心了。感情上的反复起落，一次次地逃离，再回归，让她无力维系，身心俱疲。她明白，有些东西离得远了，便再也把握不住，唤不回来。感情不是一厢情愿便可以挽回，他若松开了手，任凭她如何努力，也是徒劳无益。

到了北平，萧红已经不再是滞留东京时的心情，那时候，她的眼里根本看不到其他的景致，一心一意地牵系着他，所有的心思都在想着如何弥补感情的裂痕，试图让生活平复如初。而现在，她开始了更深层次的思索，关于人生的意味，爱情的价值，她努力地把握着一些生活细节里琐碎的领悟。

她开始以批判的目光审视自己的情感，不再放任自己到低落的情绪里。她叹息着："痛苦的人生啊！服毒的人生啊！我常常怀疑自己或者我怕是忍耐不住了吧？我的神经或者比丝线还细了吧？"

她在自我的圈禁里无助地挣扎，质问着天地："我一定要用那只曾经把我建设起来的那只手把自己来打碎吗？"她把心浸在了黑暗的毒汁里，就象在炎暑之中期待着秋凉，期待着涅槃过后，醍醐灌顶那一刻的透彻清晰。

在萧红意象中的决断和绝情之外，萧军也曾有过柔情的回顾。她离开上海之后，萧军在夜归时，曾当街唱出一首无奈的小诗："我心残缺！……我不怨爱过我的人儿薄悻，却自怨自己的痴情！"当爱情临近终点，他其实有如她一样的心绪，惶惑，无措。他无法漠视她已经在他的生活中成为一种习惯的现实。他在写给她的信里，努力地绾系着他们的爱情，他要寻求一个补救到圆满的结局。

　　一个月后，萧军写信谎称自己旧病复发，要萧红立即返回上海。这次小别，让萧军重新审视了自己的所为，他觉得萧红是这个世界上最爱他和了解他的人，他不想放弃。他还是爱萧红的，也了解她，他知道，这样的谎言必然能将她召回。

　　爱有多深，牵挂便有多重。萧红果然不再矜持地与萧军对峙，回到了他的身边。萧军用小伎俩挽回了爱人，他在日记里表述着自己的意愿，他们不会分别，他要和她共同走着这一段路，开始新的生活。

　　然而，萧军毕竟又是自负的，他觉得他们的爱情如今是建筑在工作关系上了，她是秀明的，而不是伟大的，无论人或文。而他应该在她成长的过程中，尽可能地助长她的长处，消灭她的缺点。此时，萧军在与萧红的世界里，仍然是塑造者和保护者的姿态。

　　虽然两个人都难以舍弃过去，想再续缘分，却纷争叠起。在感情之外，他们甚至为了一些文学方面的观点而争执不已。看到萧军从外面回来，用杯子喝水，萧红便写了一句"他用透明的杯子喝着水，那就好像在吞着整块的玻璃"。萧军却说，若是我就不这样写了，我要写"水在杯子里动摇着，从外面看去，就像溶解了的玻璃液，向嘴里倾流……"他摒弃她的抽象而推崇自己的现实，她却不服气，坚持自己的文学观点，而且通过文字鲜明地表述。

　　在曾经的平和岁月里，这样的争执也时有发生，只是每次都以萧红的委屈恼怒和萧军的妥协求和而结束。融洽的氛围里，这无疑会成为他们在文学创作上的互相激励，然而，当感情蒙上了变异的色彩，争吵就变成了困惑的发泄和情绪的转移。

　　激烈的争吵之后是无言的静默，凝视着对方，陌生而熟悉的感觉，攫住了彼此。蓦然发觉，他们之间，仿佛再也回不到从前，那些贫穷日子里的相濡以沫，那份纯净单一的爱情态度，已经离他们越来越远，渐渐地消失了踪迹。

争吵，讲和，无谓地分合，周而复始地循环，日子在他们的犹疑和思量中蜿蜒着继续。直到 1937 年的 7 月 7 日，爆发了举世震惊的卢沟桥事变，日军随之大举进攻上海。战乱纷争中，爱情已经变得矫情而奢侈，背负着民族大义，个人的情感便微小到可以忽略不计。他们一起，义无反顾地投入到了抗日的文艺阵线中。

在此期间，萧红和萧军还不顾危险，四处奔走，热心帮助日本进步作家鹿地亘夫妇躲过特务机关的搜捕，保护他们安全转移，脱离险境。民族的危难解脱了自我的束缚，全民抗战的强大氛围，吸引着他们破茧而出，迅速地融入。

可是，当褪去文坛上叱咤风云的强大外衣，回复到日常生活中的一个平淡平凡的小女子，萧红仍是无法容忍，战争的突袭让人们自正常的生活轨道上迅速地剥离。她写了《天空的点缀》等散文，以一个居家女子的敏感触觉，记录了战争带给人们的心理冲击，并且与普通的民众们共有着一样的不安和茫然。

9 月，战火纷纭，步步紧逼，萧红、萧军随着上海的一些文人一起撤往武汉。由于大批难民纷纷涌入，萧红和萧军在武汉难觅住处。幸得同乡、哈尔滨作家宇飞的帮忙，他们结识了著名青年诗人蒋锡金，蒋锡金邀请他们住进了他在武昌水陆前街小金龙巷 25 号的寓所中。共同的信念和理想，在他们之间植下了深重的情谊，生活的贫困阻挡不住他们抗日的激情和民族的正义感。

三个人一起，努力写作，为胡风、聂绀弩创办的《七月》撰稿。他们的文字锋芒犀利，控诉日寇罪行，揭露国民党反动派卖国投降活动，鼓舞抗日军民的斗争，并且不遗余力地参加了各种有关救亡抗日的社会活动。

国土沦丧，民族危亡，动荡的生活磨砺了萧红的意志，她不再只是以萧军妻子的身份面对世人，而是迅速地找到了自我的独立和价

值。她个性化的创作观点和与众不同的文学见地，终于摆脱了萧军蔑
视的眼光，在战时的文艺圈内得到了认可和展示。而她在《七月》
杂志关于"战时文艺"的研讨中提出的"作家是属于人类"的创作
观点，在举国上下一致抗日的喧哗声中，也是独树一帜。

　　近半年的时间，萧红活跃在抗战文艺队伍中，写下了许多篇以抗
日为主题的作品。《天空的点缀》《失眠之夜》《在东京》《火线外二
章：窗边、小生命和战士》等散文的发表，对宣传推动人民抗战起到
了积极的作用。此外，萧红还完成了长篇小说《呼兰河传》的前
两章。

　　到1938年1月末，由于武汉战局变化，他们与《七月》的一批
作者一起，应西北民族大学校长李公仆之邀，离开武汉赴山西临汾。
而到临汾不久，日军的战火便漫延至此，"民大"决定撤离，受聘作
家不愿随"民大"撤走的，跟随着女作家丁玲率领的西北战地服务
团去西安。

　　此时，萧红和萧军的意见发生了严重的分歧，激烈的争吵无以复
加，彼此积蓄已久的怨气得到了倾泻的理由。萧军坚持自己多年的夙
愿，要投笔从戎，去五台山打游击，全然不顾生命和爱情是否能够在
尘世中延续。而萧红苦苦劝阻，她仍然爱着萧军，也珍惜他的才华，
不希望他做无谓的牺牲，而爱国的情怀可以通过另一条途径展示。

　　她百般劝说，他却固执如初，她真情流露，他仍信念似铁，去意
已决。他们终于还是各奔东西。萧军最后说："我们还是各走自己要
走的路罢，万一我死不了……我想我不会死的，我们再见，那时候若
还是乐意在一起就在一起，不然就永远分开。"倔强的萧红听出了萧
军的诀别之意，她终于沉默，不再多说，同意与他分别。

　　然而，当真正面临别离，他们却频频回首，抚触着千疮百孔的情
感，无端地生出几分怜惜。几天后，萧军送别萧红。分别在即，在火

车的车厢内，萧红拉住萧军，泪雨滂沱，那一刻，她放下之前所有的矜持与自尊，哭着请求萧军同往。

此时的萧军，心里也有千般的不舍。面对着与之朝夕相对了六年的爱人，他同样也是心意缠绵，万分纠结。有一个瞬间，她的眼泪摧毁了他的防堤，重新开启了他内心深处柔弱的圣地，曾经的分手宣言几乎零落一地。

而萧军毕竟是个理智而自负的男子，他很快便控制住情感，回到了现实。固执的萧军坚持己见，萧红却不肯放手："那我也不走了，死活都和你在一起。"萧军安慰着萧红，也迟迟不肯下车。

萧军叮嘱着好友聂绀弩，萧红单纯，缺乏处世经验，请求他们多照顾她。聂绀弩吃惊地询问他们是否已经决定分手，萧军却说："别大惊小怪的。我说过我爱她，就是说我可以迁就她，不过这是痛苦的，她也会痛苦的。但是如果她不先和我说分手，我们就永远是夫妻。"

当萧军站在暮色里，凝望着列车缓缓地启动，最终消失，仿佛他们的爱情也随着车轮渐渐地离去，他的心里竟是充盈着无边落寞与空虚。而坐在车厢内的萧红，也感觉到从未有过的失意。以前，无论他们之间怎样的赌气或者离别，都注定了会有归期。而这次，她觉得她的三郎永远不会回来了。

她隔着车窗玻璃，遥望着他的影子，无限眷恋地伸出手去，却只握住了黑夜的冰凉和无助。在她孤单的生命里，一直渴望着拥有一个人温暖的陪伴，而她却永远是如此孤独，这一刻，她脆弱的心里弦断筝鸣，冷如灰烬。

萧红先去了西安，而萧军拿到了去延安的通行证，只身步行渡过黄河，去往延安。这一次的分离，彻底地击碎了萧红的梦境，她明白，路已到尽头，徒留无益。绝望中的萧红太需要一份安定的归依，于是，她选择了与另一位文学青年端木蕻良在一起。

后来，当萧军从延安转赴西安，再见到萧红，她肝肠寸断，他亦泪眼朦胧，她说："三郎，我们永远分开吧！"而他躲闪着她的眼睛，平静地点头，转身离去，不曾回头。他们永远地诀别，萧军向西北漂行，到了新疆，而萧红南下，重回武汉。

从此，他们走上了不同的生活道路，在各自的生命轨迹里，再也没有过交集。分手或许是一种宿命，无可躲避。而过往的朝朝暮暮，早已经铭刻在了彼此的灵魂深处。这样的结局让他们情难自已。

或许，这世上没有一份情感撑得过天长地久的诺言，排山倒海的激情也抵不过涓涓细流的平淡。只是，也没有人会预知，对萧军痛苦而绵长的余情，纠结缠绕了萧红一生的时间。而不论悔恨，或是惋惜，他们确是结束了近六年的恋情，山明水静，云淡风轻。

第五章
梅边柳畔

　　我只想过正常的老百姓式的夫妻生活。没有争吵、没有
打闹、没有不忠、没有讥笑，有的只是互相谅解、爱护、
体贴。

——萧红在婚礼上的话

　　这世上，有一种美丽，生于苦寒，却透彻、清晰，是素洁的画布
上真实而纯净的写意。如雪地里傲然的红梅，当凛冽的寒风彻骨地摧
蚀着万物，仍孤独地挺立，在漫天皆白里盛放着唯一的色彩，玲珑的
身姿，镶嵌在冰雪的世界里，舞出火焰的绚丽。

　　而萧红，便是那冰冷的素白里裹藏着的一枝妩媚的风姿。在最深
的寒冷里悄然绽放，和着狂风的节律，安静地伫立，盛极之后，再无
声地离去，细数着从冷冽到温暖的瞬息距离。她用一生为生存和幸福
作出了深刻的诠释。

　　一路情境，颠簸浮沉，朦胧的心意，亦真亦幻，模糊了来时的印
迹。而脸上的笑容，依旧是曲折委婉，无从揣摩内心的含意。渴望停
下漂泊的脚步，冥想中的驿站，却无以寻觅。疲惫地奔波，心逐渐冷
却，不再有伤痛的感觉，沧桑的眼神，在沙土中浑浊。

　　那一场向往已久的盛大曲目，姗姗来迟。繁华过后，没有一份承

畸变之花分外红　最凄不过萧红

诺，能敌得过天荒地老的约束。落幕之后，一地的残局，无人收拾。当期待中的华美结局渐渐迷离，便只有，退却一步，拥住可以把握的温暖与归属。

看过瑞士选手 Naima 惊艳世界的精彩表演棕榈梗平衡术，在那样一场无与伦比的视觉盛宴中，十数根棕榈梗的平衡交叠，只是缘于一根羽毛的绝妙微力。在萧红和萧军的情感世界中，萧红的容忍和坚持便是那一根小小的羽毛，稍一撤离，便轰然坍塌，全盘落地。

然而生活却不是舞台上的表演，即使是背负着一地残零，也可以适时终结，选择一个完美的落幕。生活的脚步绝不停歇，所有的日子依次排序，不能计较，没有忽视。散落的情感，和华美的道具一样，必得要精心地安放，妥帖地收置。

对于情感，萧红拥有异于常人的自愈能力，贯穿着她整个生命历程的百般苦难，赋予了她掌控自己境遇的本能和毅力。进入既定的情境中，她会自觉地排斥异己，在舞台上收放自如，并且成为自己的观众，角色自由转移。莫名其妙的情感置换，在她的推移中变得理所当然。

她的心脆弱到瓷器一般一触即碎，却又坚强得流淌出冰河的气魄。寒风凛凛，云雁呜咽，千军万马，铁蹄踏过，而她却平静地听着自己碎裂的声音，心如止水，安之若命，云淡风轻地释放着笑靥。为了生存，或者体面，甚至仅仅是因了赌气的成分，她都可以毫不犹豫地抓住一段情感，再头也不回地离去，继续她血泪相融的人生苦旅。

1937 年 10 月下旬，东北籍青年作家端木蕻良也来到武汉，参与了《七月》的编辑工作。冥冥中的缘分牵系着彼此，《七月》杂志使萧红与端木有了青涩的初识。而那时候她并不知道，这个斯文儒雅的满族男子，将会在她的生命中占据何等重要的位置。

端木蕻良，原名曹汉文，又名曹京平，毕业于清华大学历史系。他是科尔沁旗草原上地主贵族的后裔，自幼家境优裕，通读诗书，着装考究，举止文雅，喜欢留一头长发散披在脑后，在那一群多数辗转于贫困生活的文人们中，端木算得上是百草园中的花朵，人群里的亮色。

之后不久，因为蒋锡金工作繁忙，不经常回家住，萧军便邀请东北老乡端木蕻良搬到小金龙巷与他们同住。后来，画家梁白波也借住进来，端木便让出外间单独的竹床，自己搬去与萧红、萧军挤睡在一张大床上。战乱时期这种窘迫的生存状况，也是沿袭了他们东北乡下古老的习俗，大家都心存坦荡，没有任何无端的猜忌与遐想。

他们几个人朝夕相处，亲密无间，经常在一起讨论文学创作和时势发展，还曾经有意要组织抗日宣传队，或者兴起开办饭馆等壮举。同在一个屋檐下，端木渐渐地融入到了萧红和萧军的生活中，也触摸到了他们历久弥新的感情裂痕。

其时，萧红、萧军与从东北各地流亡到武汉的舒群、白朗、罗峰、孔罗荪等青年作家一起，积极投身于抗战文艺活动，在当时的武汉形成了一个颇具影响力的东北作家群。

集中的主旨和鲜明的特色冠领着这个群体的文学作品，他们从各个层面反映了处于日寇铁蹄践踏下的东北人民的生活状态和悲惨境遇。这些作品风格粗犷、宏大，展示了东北的风俗民情，彰显了浓郁的地方色彩。对疯狂掠夺者的仇恨，对阔别的故土和亲人的思念，以及对国土沦丧的悲愤和收复国土的强烈愿望，在他们的作品中气势磅礴，汹涌喷溢。

端木蕻良也是东北作家群中的主要人物，他在清华大学读书时便加入"左联"，后又在上海和武汉等地从事抗战文学活动。他创作的长篇小说《科尔沁旗草原》，是三十年代东北作家群产生重要影响的力作之一。另有长篇小说《大地的海》和《鹭鸶湖的忧郁》《遥远的风沙》等一系列风格独异的短篇小说，这些作品使他在中国现代文坛也占据了重要的位置。

　　端木与萧军是处于两个极端的人物。他性格内敛，言语和气，与萧军的粗犷、好强、豪放、野气形成了鲜明的对比。在萧红的身上难得地释放着女性的坦率大气和自由不羁，与端木男人的温和细腻恰好地融合，吸引了端木的注意。

　　萧军在与人冲突时，习惯运用拳脚和暴力，而端木却是以理服人，彬彬有礼。当朋友们在一起争论问题时，端木总是安静而坚定地站在萧红的一边，从不与人发生正面冲突，只是采取迂回战术。这些微小的举动在萧红的内心里激起了悸动的涟漪。

　　萧红对于端木的好感还缘自于他对她发自内心的欣赏与赞叹。对于萧红的性情乃至文字，萧军从来都是不屑一顾。在他的眼里，萧红是个永远需要被保护的孩子，而他自己就是她的救世主。对于她的文字，他更是觉得琐碎而零乱，缺乏坚实的结构和时代思想的风骨。

　　而端木对萧红不只是尊敬与爱惜，他大胆地赞美她的作品超过了萧军的成就。从前只有鲁迅与胡风赏识萧红的才华，萧军的内心里并不服气，其他朋友的看法也多是如此。因此端木对萧红文学成就的赞赏，对萧红具有特殊的意义，她第一次真切地感受到来自一个男性的赞美，温柔而妥帖，直入心底。

　　萧红渐渐地喜欢与端木接近，她时常主动找端木谈诗论文，共同的观点和创作路径，让他们兴致叠起。她甚至愿意向他展示尘封的世界，谈她隐晦多年的身世，分享生命中不为人知的秘密。微妙的情感波动，让萧红看端木的眼神里也多了几分情意。而萧军表面平静如昔，内心却并非完全没有感知。

　　1937 年底，萧红和萧军离开了小金龙巷，搬至武昌紫阳湖冯乃超原来的住处。但萧红还是会时常回去，替端木蕻良收拾房间，整理杂物。她很享受与端木相处的那一种全新的感受，在端木那里，有萧军永远也给不了她的平等和尊重。

　　那一日，萧红再次来到端木蕻良的寓所，如往常一样替他收拾着屋里的陈设。端木不在，萧红一个人看着昔日生活过的小屋，一些熟悉的场景，一一地回放在脑海里。她忽然感觉心慌意乱，情不自禁地在书桌上留了一张字条，写下如此文字："君知妾有夫，赠妾双明珠。还君明珠双泪垂，恨不相逢未嫁时……"这是萧红对端木怀着朦胧情感的第一次暗示，隐约却又清晰。

与萧军在一起，萧红的情感是充实的，但很多时候却也倍感虚无。他给了她勇往直前的力量和无所畏惧的勇气，却让她在细腻委婉的转角处进退无序，慌乱无依。萧军永远无法细致地揣摩出萧红的心理，如同一幅笔致粗疏的简笔画，表达不出油画丰盈精致的境界和高度。

在那些纷繁的世事里，萧红既有骄傲于个性昂扬的资本，决然不为浮世的喧嚣和习俗改变自己，却也对现实的社会生活怀有深刻的恐惧和逃避。在真实与幻境中举步维艰的她，迫切地渴望着身边有另一个人真实地存在，能够给她温暖和安慰，爱她并且支持她。

于现实社会和封建家庭，萧红是独立、觉醒、竭力抗争的，而在与萧军的婚姻中，她却是百般隐忍，在夹缝中艰难地生存。没有尽头的漂泊无助，令她既极度渴望自主自立，又不得不依赖着男人，拼命地挣扎，却不断地被放逐。

分手之后，提及六年的爱情生活，萧军异常冷静："如果从'妻子'意义来衡量，她离开我，我并没有什么'遗憾'之情，在个人生活意志上，她是个软弱者、失败者、悲剧者！"由此可见，彼时的萧红，已然成为他的负累，而逃离，更是命定的结局。

其实，如若我们换一个视角，再去解读萧军的心理，必然会是一幅不同的构图。假如初遇时他坚持着自己漠然的态度，不去解救萧红，便不会在日后为了萧红而与寄居的裴家反目，而他自己也不必为了维持两个人的生计，日日奔波在凄风苦雨里。当人们的眼睛，更多地关注着萧红在那个时期的饥饿与困顿时，却忽略了为她撑起一片天空的那个男人，更是背负着沉重不堪的压力。

　　然而，有一种相遇，任时间都无法抹去。惊鸿一瞥间，两个生命已然交融、相依。爱情不期而至，蕴含着温暖和力量，却也意味着更多的付出与索取。有的时候，爱会愚弄了自己的心情，模糊了人本来的面目。于是，爱情在猜疑与挥霍中无疾而终，平静地结束，无奈又无语。

　　萧军曾经找过端木蕻良决斗，但被萧红阻止。萧红以死威胁萧军，请求他不要伤害端木。萧军怜爱萧红，强忍了彻骨的心痛，含泪离开。而当萧红在重庆友人梅志处，看到萧军再婚时的照片，亦是表情凄婉，良久都沉默无语。

　　曾经为之甘愿赴汤蹈火的爱情，就那样轻易地用一句话结束。曾是两情缱绻的红尘眷侣，却终究变成了殊途陌路。情深缘浅，两两相望，望不尽的是距离，隔不断的是视线。萧红平静的收回了自己的情感，却收不回命运深刻在心头的伤痕和痛楚。

　　端木的出现，恰如其分地拯救了萧红濒临倒塌的感情城池。她惧怕孤独，渴望着情有所依，面对着萧军渐行渐远的背影，她在孤寂中不知所措，慌乱地寻觅着出路。而端木，适时地填补了这一处空白，他们的关系，变得微妙而敏感，却无法言述。

　　萧军在延安时，萧红曾向他们的朋友聂绀弩倾吐过心事。她说她一直爱着萧军，他们在思想上是同志，又一同挣扎着走过泥泞的道路，她敬佩他在文学方面优异的才思，可是跟他在一起，她却忍受了太多的屈辱。

　　萧红在言语间隐隐地表示了端木对她似有所求，而她正犹豫不已。但几天后，萧红却很坚定地告诉聂绀弩，她已经答应了端木。作为朋友的聂绀弩无法理解这戏剧性的变故，却能感觉到萧红决绝凛然的态度。

　　正逢乱世，萧红是怀着萧军的孩子与他告别。萧军曾建议等孩子出生以后再离婚，到时候，如果萧红不想要他的孩子，可以由他来抚养。可是萧红是个决断的女子，既已决定离开，便不愿意再有任何牵系，她更不想用孩子来留住已经遁去了踪迹的爱情。

仿佛是命运的刻意捉弄，萧红每一次都是怀着一个男人的孩子，而得到另外一个男人的爱和痴迷。当她怀着萧军的孩子与端木蕻良结婚时，一些朋友因此而对她颇多异议和谴责，他们质问着萧红："你难道就不能一个人独立地生活吗？"而她回应的姿态倔强而落寞："我为什么一定要一个人独立的生活呢？因为我是女人吗？我是不管朋友们有什么意见，我不能为朋友们的理想方式去生活，我自己有我自己的生活方式。"

1938 年 4 月，萧红和端木决定回武汉。在离开之前，聂绀弩郑重地叮咛她，不要忘记自己在文坛上的地位，永远不要放弃理想，要向上飞，飞得越高越远越好。朋友的肺腑之言令萧红感慨万分，仿佛直到此时，她才惊觉，倍受情感困扰的她，几乎放弃了文学的天分。

火车即将离站，萧红向朋友们挥手告别，她脸上是平静的微笑，视线却在人群中努力地搜索。她在寻找那个曾经熟悉的身影，可是渐进的车速却淹没了一切，她终究没有看见他。此生，她再也没有看到他。

5 月，萧红与端木蕻良在武汉大同酒家举行了婚礼。参加婚礼的有端木三哥未婚妻刘国英的父亲、萧红的日本朋友池田幸子，以及文化界的胡风、艾青等人。摒弃了战争的阴影，他们的婚礼办得简单而隆重。

当主持婚礼的胡风提议新人谈恋爱的经过，萧红说："掏肝剖肺地说，我和端木蕻良没有什么罗曼蒂克的恋爱历史。是我在决定同三郎永远分开的时候，我才发现了端木蕻良。我对端木蕻良没有什么过高的要求，我只想过正常的老百姓式的夫妻生活。没有争吵，没有打闹，没有不忠，没有讥笑，有的只是互相谅解、爱护、体贴。我深深感到，像我眼前这种状况的人，还要什么名分。可是端木却做了牺牲，就这一点我就感到十分满足了。"

一袭旗袍、腹部微微隆起的萧红和穿着一身西装的端木站在一起，他们脸上的笑容是安逸祥和的。这一刻，是他们全新生活的开始。

第五卷
Chapter·05

繁华落幕

蓝天碧水

第一章

寂寞如初

　　我总是一个人走路，从前在东北，到了上海后去日本，
从日本回来，现在到重庆，都是我自己一个人走路。我好像
命定要一个人走路似的……

——梅林《忆萧红》

　　"有一天我们会回家，笑着向神诉说这一路的委屈。"这是一句
古希腊谚语，罗素在其著作《西方哲学史》里曾经引用过。世事渺
茫，红尘攘攘，行色匆忙的故事，挟裹着湮没在人群里的追逐和向
往。所有的人都在奔波忙碌，用脚步书写着凌乱和无助。而路的尽
头，是命定的归宿。

　　背负着沉重的负荷，再把微笑涂抹成绚丽多彩的面具，茫茫四野
中，努力地寻找属于自己的一隅。逝去的日子如指缝里的沙粒，倏然
散落，隔世的心情，是浪潮过后的沙滩，曾经的精致和温婉，已被冲
刷得荡然无存，极尽安然。

　　当季节的风霜不期而至，纷纷扰扰，掠过空旷的天地。刹那间遍
野荒芜，荡涤了生存的痕迹。古老的契约在岁月里持续，而轮回着的
往事，即使是委顿，也澄明剔透，昭示着天造地设的灵气。

175

既定的约束固执而倔强，恒久又单纯地延续，一如那些旷世的风景，经年地矗立，沉默无语。而只要太阳依旧升起，我们便要不放弃努力，把幸福与悲情都绽放成同样绚烂的花朵，那馨香，会一如既往地深重且浓郁。

萧红曾对聂绀弩说过，端木是胆小鬼、势力鬼、马屁鬼，喜欢装腔作势。她极尽贬低端木，最后却心甘情愿地跟他结合，做他的妻子，这种矛盾的简单，归结为她对朋友说的一句话："人不能在一个方式里面生活，也不能在一种单纯的关系中生活。"萧军的强硬让她拥有安全感的同时，也备受屈辱，而端木的温柔却让她找到了另类的归属。

自童年开始，寂寞就像烙印一样在她心里盘桓滞留，难以索解。她逃离了无数次生活中的灾难，却始终逃不出自己情感的禁锢。因为坚强，所以无力。拥有或者失去，都超越了她所能左右的意志。对生活，她只有卑微的需求，有人疼爱，过一份简单安稳的日子。

她把痛苦和留恋深深地埋藏进了心底，决然地离开萧军，挺直的背影，看不出有丝毫的彷徨和犹豫。她把当年鲁迅先生和许广平女士送给她的四颗相思豆和在杭州买的一根精致的小竹棍，作为定情物赠送给端木。这些象征着爱与坚韧、永恒的赠物，是一个女人伤痕累累却祈求安宁的心声吐露。

然而，这是一段不被祝福的婚姻，端木的母亲认为萧红与两个男人都有过孩子，是不祥之人，她不允许自己的小儿子以未婚少爷的身份娶这样一个经历复杂的女人。对于这桩婚姻，端木的整个家族里都充斥着反对的声音。

而萧红的朋友则怀想着她跟萧军的传奇爱情，对于她选择端木的行为无人理解。数年之后，在他们追忆萧红的文字里，端木的名字，仅用一个符号来代替，足以见得他们对端木的排斥。他们甚至将萧军和萧红称为"夫妻"，而仅视举行过正式婚礼的萧红与端木为"同居"。

端木终究还是违背了母亲的意愿，并且不顾全家人的反对，坚持举行了婚礼仪式。端木是懂得萧红的，他知道萧红想要的是什么，他探求到了她心底深处最柔软的去处。这是他对她的怜惜，不是高高在上的施舍和给予。

萧红也无视朋友们的异议，与端木走到了一起。她是一个敢于担当并且顺应情势的女子，选择了的路，便不会回头，哪怕是走得一路泥泞，披荆斩棘。他们并不在乎那些反对的声音，他们相信，真心地相爱便能抵御一切外来的阻力。

直至这个时候，端木都是深爱着萧红的，爱得真实纯净，无所遁形。他除了在生活和文学创作上给予萧红最深的理解和尊重之外，还给了她一个正式的婚礼。她怀着别人的孩子，他毫不在意。她不求名分，而他执意如此，他当她是平等的爱人，而不只是他的附属。

萧红和端木执意地结合，遭遇了友情的封锁和家人的疏离，爱情的天空蒙上了烦恼与苦闷的云翳。而当生活归于平实，初识的激情步入了细水长流的平淡日子，两人性格上的差异也日渐显露，失落与幻灭，接踵而至，风雨袭来，不可抗拒。

萧红的坚强与豪放，展现在命运的起落中，棱角分明，浩瀚而短促。但她毕竟也是女子，也有敏感和脆弱的潜质，疲惫不堪的时候，她也需要爱人的温存与呵护。况且，在很多时候，艰难和病痛如影随形，把她的生命切割得散碎零落，沧桑遍布。

在人生的旅途中，萧红一直都在寻觅着伴侣，却总是一个人孤独地走路，当身边的人一个个离开，不再回顾，黑暗中的光影飘忽着远去，握不紧，抓不住。她要的不是霓裳华厦，她只想寻一处安宁的所在，可以安放她的倦怠与无助，荆钗布衣，小憩片时。曾经对爱的激情渴求，早已毫不犹豫地后撤，变得平实而坚固。

　　而端木蕻良生于贵族地主家庭，优越的环境滋养了他少爷的习性。他是父母最小的儿子，自幼娇惯成性，依赖性极强，生活能力很差，从不会在生活中关爱别人，更不懂得如何呵护疼爱妻子。因此，在两人婚后的生活中，病弱的萧红仍要操心劳累，支撑着家庭的繁琐。

　　婚后的萧红和端木蕻良，一度住在黄桷树镇上名秉庄，过着自我封闭的生活，几乎不与外人交往。萧红的朋友们回忆，那个时期他们很少见到萧红，难得遇见一次，她也是极少说话，步履匆忙地离去。在他们眼里，萧红身影消瘦，神态苍老而憔悴，早已没有了当年跟萧军初到武汉时的激情活力和意气风发，全然不象还不到三十岁的少妇模样。

　　偶尔有朋友路遇萧红夫妇，却见端木顾自走在前面，萧红远远地尾随，如同陌生的路人。这形态令人不由得忆起从前的萧军，他与端木对待萧红是不同的态度，却衍生出了同样的形式。萧红的命运在两个迥异的男人之间画了一个可悲又可笑的轮回，辗转一遭，又退回到了原地。

　　端木蕻良的孤僻和冷漠曾经惹得朋友们热议，丁玲就曾坦言"端木蕻良就不是和我们一路人"。端木每天睡到中午十二点起床，吃过饭，再继续午睡。而每天做饭、洗衣服、购物等杂事，便都落到了萧红的肩上。她包揽了所有的家务，还要饿着肚子等候迟迟不起的端木吃饭。

　　有一次，性情孤傲的端木因生活中的琐事与邻家的一个女佣人之间起了争执，一怒之下动手打了她。这个四川籍的女佣性情暴烈，泼辣难缠，对端木不依不饶，直闹得满城风雨，人尽皆知。

　　萧红不得不出面调解，请楼上的邻居、作家靳以帮忙，到镇公所回话，再到医院验伤，还要道歉、赔偿损失。所有的琐碎烦扰都由她一个人奔走，而端木蕻良则关门避开，不闻不问，悠闲自如，潇洒了事。仿佛打人的是萧红，与他无关。

风波最终得以平息，但这件事却在当时的复旦广为流传，影响颇大。梅志在《"爱"的悲剧——忆萧红》里讲到一个邻居用嘲笑的口吻说："张太太，你们文学家可真行呀，丈夫打了人叫老婆去跑镇公所，听说他老婆也是文学家，真贤惠啊！"

婚前的端木追求萧红时，对她的文字颇为赞赏，多有溢美之辞，而婚后，却对她的人和文字极尽不屑和鄙视。他曾以明媒正娶的姿态昭告世人，她在他们的关系里拥有独立的人格和地位，却又以琐屑的现实证明了她其实还是自己无可争议的附庸。

一次，友人曹靖华拜访他们，看到端木蕻良的文章原稿上却是萧红的字迹，便疑惑地询问萧红，萧红说是自己帮他抄的。彼时，端木在文坛上的地位远不及萧红，却由萧红帮他抄稿，曹靖华惊讶之余，不以为然，坦率地告诫萧红，不能再这样纵容着端木，辛苦自己。

她对他的宠溺和照顾，细致到极点，琐碎到卑微。她的日子过得如严冬封锁了的北方大地，裂纹丛生，却无路退出。当年萧红转身离开萧军的暴戾，奔向端木的温情，她曾经以为她握住的是一生一世的幸福，却不料，她只是转身一步，跨入了另外一个错误。

萧红在生活和情感的苦难中轮番沉浮，她的人生丰盈饱满却又坎坷斑驳。萧军的霸气让她委曲求全，端木的软弱却又令她疲惫不堪。凛冽而倔强的尊严，卑微而屈辱的软弱，一时一地的不同特质，在她的生命里交错、汇合，疾风劲草一样地无所依傍，却全力攀缘，直击蓝天。

在萧红的情感世界中，萧军曾经以恩人和保护者的姿态，把萧红当作孩子一般地看待，他的倨傲和不屑曾深深地伤害过萧红的自尊。

而如今，命运的笔画出了一个奇怪的轮回，在端木的面前，萧红却要象家长一样的地被他依赖，承担起了远超过她所能的重负。

端木的生命里，有优越的生长环境和广阔的生存空间。而他从小接受的教育就是循规蹈矩，按部就班，他是一棵被不断地修剪着长大的树木，从一开始便被剥夺了枝繁叶茂和旁逸斜出的权利。在他成长的过程里，他不是自己选择出路，而只能按照既定的轨迹，挺拔地秀出。

他的举止作派卓尔不群，全然不类于他人。他平素喜欢独来独往，我行我素，走路目不斜视，从不理会他人的非议。他性情孤僻，不善交际，不关注周围的事物，很难赢得他人的好感，也难以融入当时所在的文人群体，是东北作家群中边缘化的异类。

他的一些所谓恶劣的生活习惯，原本不是他的刻意，在刻板、礼制的封建贵族世界里，他如何学会平民化的相携和扶持。尽管，那些习惯很难为人们接受和理解，也直接地影响了萧红的生活品质，但换个角度重新审视，端木，其实是一个善良、仗义并且有担当的男人。

他初始对萧红只是隔着距离的赏鉴，如同面对一帧精品的画作，抑或是绝世的珍玩。在他眼里，萧红是个优秀的女子，她的许多观点与他如出一辙，却又更多了深彻和精炼。当他从仰视的角度，一点一点地走近到她的身边，他的心里除了喜悦和惊叹，绝无猥亵杂念，更没有暧昧的情感。

端木对萧红的欣赏和赞美溢于言表，也只是他的爽直性格使然。他孤傲不群，一生都没有学会，也不屑于用伪装自己来取悦于人。他当时已经真切地感觉到，萧红在文学的见解，甚至是情感方面和自己都很接近，而与萧军却越来越远，话不投机。

可是，当萧军含沙射影地对端木念叨"瓜前不纳履，李下不整冠"之类的提示，端木却只是觉得，"当时她比我大，女性有一种当姐姐的感情，我又没有结婚，她照顾照顾又是很自然的事"。

　　而端木的存在，对于萧红却有别样的意义。他的出现，使萧红在与萧军的争吵和对峙中有了坚强有力的后援。萧军一向自负，看不起萧红和她的文字，周围的朋友们也大多认同萧军的观点，把萧红看作是萧军的附属。只有端木，没有缘由地仰慕并支持她，给了她独立和抗争的勇气。

　　在萧红和萧军的生活中，端木的进入，彻底地改变了他们的情感格局。萧红在精神上特立独行却又敏感脆弱，她一生中对寂寞的排斥和对温情的渴求，都引领着她追逐感情的脚步。她象藤萝一样，生命的过程里必得找到一棵可以依附的大树。而端木，恰好成为她徘徊于情感十字路口的鲜明指向和无奈归依。

　　萧军退出了萧红的生活，端木便顺理成章地作了填补，而这也成为萧红决然离开萧军的一个理由和支持。萧红年龄比端木大，两度嫁人，且怀着身孕，身体又差，而端木却是未婚青年，才华横溢，两人的身份悬殊不言而喻。

　　但当萧红带着绝望和委屈，转而来到端木的身边，他却把她当成了自己义不容辞的责任，没有拒绝，宽容地接纳，甚至不惜违逆自己的家族。何况，端木之于萧红的爱情里，更多的只怕是失落情感里的替补。端木的勇气和所承受的压力可想而知。

　　萧红和端木蕻良婚后不久，日军开始围攻武汉，很多人都在设法向重庆撤退。1938 年 7 月间，武汉的形势急转直下，危机四伏，端木本想去《大公报》做战地记者，然而愿望落空。梅志、罗烽便与他们相约，一同转移至重庆避难。

　　到了 8 月初，因为没有买到足够多的船票，在萧红的坚持下，端木把她托付给田汉的爱人安娥照顾，自己便同罗烽他们先行乘船离开武汉，前往重庆，寻觅安身之处。留下身怀六甲、行动不便的萧红，在战火硝烟中，继续等待着直达的船票。此举成为之后数年间，人们一直谴责端木蕻良辜负了萧红的强大理由和依据。

此时，白朗和罗烽的母亲已经先去了重庆，在只买到两张船票的情况下，或许，端木考虑到怀孕待产的萧红与罗烽一起乘船离开，一路上没有女眷照顾，确有不便。也或者是在他们一向的隶属关系中，萧红作为"家长"，执意地安排了端木的行程，而生活能力孱弱的端木，只有一以贯之地服从。

于是，萧红的世界里，又只剩下她一个人，孤独地面对着自己的影子。黑夜里的窗口，洒满白色的月光，而她坐在黑暗中，遥望着渺茫的未来，细数着飘过窗棂的时光。窗外，是战火纷飞，硝烟遍地，动荡的岁月里遍野饥荒。

第二章

阅尽风霜

从异乡又奔向异乡，这愿望多么渺茫，而况送着我的是海上的波浪，迎接着我的是乡村的风霜。

——萧红《沙粒》

　　九月，是适合回忆的季节，思绪在浓重的秋意里涌动，盘根错节。一些旧日的情愫，丝丝缕缕，伸展绵延，直到无穷远。秋日里回归的影像，抚触着花叶的痕迹，沿途追溯，满溢的舒展与深藏的隐匿，已遍野密布，尽在不言。

　　伸出手来，握住一些流失的故事，暖了视线，却荒芜了心田。撷一缕风，书一阙心事，时光恬淡，繁星点点，眉梢唇畔，笑意安然。时光遂温柔地展开一幅斑驳的画卷，所有的景致都一掠而过，翩若惊鸿，缈如尘烟。

　　花开过，叶凋落，生命轮回，季节流转。抛却世间的风霜雪雨，繁华空旷，于安静和从容中探求生命的本质和生存的意蕴。指间的砂粒，在欲望和奢求中流失得一无所有，四季的凡尘在眼底落尽，锥心的痛楚，俯拾皆是。

　　当隐藏在唐诗宋词里的章节，被现实的利刃击溃成破败的残片，风撕碎的涟漪里，只倒映出黑沉的云霾和灰蓝色的天穹。记忆搁浅在浪潮过后的沙滩，前路依旧是曲折艰险。窗外，已是落花成冢，秋意阑珊。

端木走了，没有一丝牵挂，留给萧红的是战乱中绝世的孤独和恐慌。她站在江边，挥手向他道别，当承载着他的船只毫无留恋地消逝在天水间，她无力地回转身，被风吹散的头发，瞬间遮住了她的双眼。而她吞咽着苦涩的泪水，苍白消瘦的身影，在江风中清晰地写着落寞和孤单。

有人说，处于这种情势下，若是换成萧军在萧红的身边，他根本不会象端木那样瞻前顾后，流连于细节。他会暴怒、发火，甚至强行命令萧红上船，不留一点盘桓的余地。在萧军霸气的思维方式中，男人若是需要受女人的照顾，那就枉为男子汉了。

其实在萧红的内心深处，也未尝没有这样的渴求。不管她在与端木的夫妻关系中扮演着何种角色，回归到最初，她毕竟只是一个弱小的女子，她也渴望有一双坚强有力的臂膀可以让自己依靠和栖息，在风云涌动中能够得到一份厚实的荫蔽。

然而端木却依言走了，萧红只能于淡淡的惆怅中独自迎对着弥漫而至的危机。在她滞留武汉期间，她在哈尔滨时的好友高原有事从延安到武汉，通过胡风找到了萧红。他去看望她，而那一次看到的情景让高原记忆深刻。

许是因为战乱中即将迁徙，他看到屋子里只有简单的陈设，竹床木椅，营造出略显萧条的氛围。而萧红体形已显笨拙，穿一件素色的夏布长衫，安静地坐在席子上，手中端着没有喝完的半盏冷水，神情沧桑而憔悴。

八月的武汉，蚊虫猖獗，在萧红坐着的席子边上，还点着一盘蚊香。那燃着的蚊香烟气缭绕，迷蒙空灵，居然折射出几分青灯古佛的韵味。面前的种种情形，在高原的视线中萦绕着一种人走茶凉的凉薄气息。

高原明白，端木此时肯定已经不在萧红身边，否则她怎会如此困窘落魄。后来他才知道，端木不仅自己先行离开，而且根本就没有想到要给萧红留下维持生活的费用。那段时间萧红身无分文，她在武汉的生活都是靠蒋锡金和冯乃超等人资助的。高原把自己身上仅有的五元钱留给了萧红。

原本，高原对于萧红当初仓促的决定就有颇多不满，此时更是忍不住批评了她放弃萧军选择端木的错误。萧红却嗔怒地反驳说："你从延安回来了，学会了几句政治术语就训人。"面对朋友，困境中的她还在竭力维护着自己的尊严，不肯言败。

8月10日，日本的飞机开始大规模轰炸，武汉彻底地变成了一座危城。孤身一人的萧红无处可避，只能与朋友们带着简单的行囊，一起逃难到了汉口。她与冯乃超的夫人李声韵一起，借住到了"中华全国文艺界抗敌协会"理事兼出版部副部长罗荪的家里。

当时，曾经是租界的汉口特三区成了临时的避难所。由于一时难以买到赴重庆的船票，萧红她们就暂时住了下来，为了尽量减少对罗荪家的打扰，萧红执意不肯住客厅，而是在一间过道小屋里搭了地铺。

他们经常在日本飞机轰炸的时候，凭窗远望着炮弹坠落的整个过程，以及弥漫于武昌和徐家汇一带成片的火海，想象着日军那些漫延在武汉街头的疯狂，还有惊慌失措、无家可归的难民们，他们义愤填膺，却也回天无力。

难得安静的时候，萧红便同他们谈着理想，她说："人须要为着一种理想而生活着。即使是日常生活上的很琐细的小事，也应该有理想。"她所经历或者目睹过的残酷现实，给予她切肤的体会，作家在生活和精神上的双重苦闷，沉重如山，难以言述，她要尽一己之力，做些许的改善和调剂。

她热切地提议，待抵达重庆，三个人合力开一间布置精致、音乐优雅、情境温馨的文艺咖啡室，作为一处放松身心和休憩交流的场所，让周围的作家朋友们时时小聚，疏解压力。萧红的建议得到罗荪和李声韵的热烈支持。只是，这个理想在数日过去，他们各奔东西之后，随着接踵而至的生活压力而变得遥遥无期。

在炮火纷飞中，濒临生产的萧红仍没有放弃写作，在汉口她完成了小说《黄河》《孩子的演讲》等作品。一直等到9月中旬，萧红才买到船票。因为临时的变故，当初约好的安娥未能与之同行。萧红便在李声韵的陪同下，坐船去往重庆。

登上轮船的那一刻，萧红回望武汉，感慨万千，在这座被炮火湮没了的城市里，她先后留驻了将近一年的时间。时光的变迁，见证了一段感情的结束和一场婚姻的开始，而当她洗尽风尘，再一次踏上一片陌生的土地，她不知道自己即将面临的，会是怎样未卜的前程和迷离的情势。

世事总是始料未及，途经湖北宜昌时，她们又遭遇了意外。同伴李声韵因为身体虚弱，不适应路途颠簸，突然病倒，被送进了医院，不能再陪伴萧红，继续她们的行程。

安置好李声韵，已是凌晨时分，萧红匆忙赶回码头，却远远地看见船已缓慢地驶离了港口。有孕在身的她，无力追逐，只能默默地看着船渐行渐远，消失在了视线里。九月的夜风，携着沁入肌骨的凉意，缠裹住了她的身体，她独自一人站在黑暗中，慵倦的身影，孤独无依。

昏暗的夜色中，萧红踉跄着走在码头上，不小心被绳索绊倒，即将临产的她，处于走投无路的境地，身心俱疲，虚弱到无力站起。她只能躺在冰冷的地上，凄凉无助。后来，在一个过路赶船人的好心帮助下，萧红才站了起来。

躺在地上的那一刻，萧红心潮涌动。她凝望着天空，灰蓝的底色上镶嵌着稀疏廖落的几颗星辰，四周被黑暗淹没，寂静无声。她想挣扎着坐起来，却没有一丝力气。她无力地问着自己，死掉又有什么呢？生命又算什么呢！死掉了也未见得世界上就缺少我一个人吧！多年以前，在北平煤气中毒之后，这是萧红人生中第二次关于死亡瞬间的臆想。

后来，她对朋友诉说着当时的心情："然而就这样死掉，心里总有些不甘，总像我和世界还有一点什么牵连似的，我还有些东西没有拿出来。"

那一刻，幼年的生活场景和呼兰河的乡土人情，一幕幕地浮现在了她的脑海里，澄澈而清晰。或许，关于长篇小说《呼兰河传》写作的最初意图，恰是缘于此刻内心里忽然闪现的灵犀。

李声韵因病滞留，萧红万般无奈，只能独自收拾行囊，继续走完一个人的旅程。秋日的冷风中，萧红站在甲板上，遥望着苍茫的水域，数着前路的距离，孤苦无依。风狂乱地撕扯着她的发丝，也击碎了她心底的平静和安逸。孤单的身影，沉重的身体，一路剪切出绝境中的苍凉和悲凄。

经过十几天水路的颠簸，历经磨难，千辛万苦，萧红终于抵达了重庆。然而，重庆并没有她期待中温暖安定的归宿。先行入川的端木，并没有找到固定的住处。萧红不得不在结束恐慌的旅途之后，又重新陷入了频繁的迁徙。他们辗转于汉口、重庆和江津之间，先是住进了端木的亲戚家，后来，又几经搬迁。到11月初，萧红的预产期临近，她只好暂时与端木分开，住到了江津友人白朗家里。

11月下旬，白朗把待产的萧红送进了一家私人妇产医院。在医院里，萧红生下一个男婴，面目酷似萧军，孩子出生不久即夭亡。这期间，白朗一直陪伴照顾着萧红，在她的记忆中，孩子刚出生时健康正常。但是几天后的一个早晨，萧红却平静地告诉前来探望的白朗说，孩子夜里抽风死了。

白朗吃惊地询问缘由，并且要去找大夫理论，萧红却极力阻拦，淡然地说："死了就死了吧！这么小一个孩子要活下去也真不容易！"白朗虽疑惑着她淡定的表情，却并未再追问孩子的事。萧红当天便要求出院，回到了白朗家里。

关于这个孩子的死，后世的人们众说纷纭，莫衷一是。但无论何种述说或者猜疑，都无从考证，这是萧红留下的又一个无解的谜题。后人的评说，本就是赘述，何况，斯人已逝，是与非，对与错，纠结无益，又何须追逐。

而人们可以确定的是，对于孩子的死，萧红确是淡然以对，并没有表示出太多悲伤，正如她当初送走第一个孩子时的冷漠和平静。或许，她只是不愿意孩子如她一样，沉没于人世未知的苦难，无助地彷徨，四顾苍凉。

曲终散尽，花开如血，叶落成泥。萧红对于生命的本质和轮回的认知，是果毅的冷冽，沧桑的阴郁。她在《呼兰河传》里写着："生、老、病、死，都没有什么表示，生了就任其自然地长大，长大就长大，长不大也就算了。老了，老了也没什么关系，眼花了就不看，耳聋了就不听，牙掉了，就整吞，走不动了，就躺着，这有什么办法，谁老谁活该。"

萧红在她的文学作品中，多次描写了妇女的生育体验。生育，本是人类的一种崇高而美好的创造性行为，但是在萧红的笔下，却成为女性人生苦难的缘起和永难摆脱的劫数。在她的文字里，女性对于生育，不能选择，不能拒绝，那是一种纯粹的肉体苦难，而丝毫没有为人母的精神以及心理上的愉悦和满足。

萧红早期的自传体小说《弃儿》是她对自己生育体验的真切描述。深陷贫穷中、无家可归的芹，对于腹中的孩子没有丝毫的怜惜，那只是她生活和生命之外的一个多余的"物件"，是她逃脱苦难深渊的枷锁和羁绊。她在意识中从没有赋予他生命的意义，他的存在于她只有惊恐和抗拒，她对他深存着来自于内心的隔膜与疏离。

《王阿嫂的死》展示的则是一个农村妇女的生育经历。萧红以沉重的笔触铺展了王阿嫂因生育而惨死的状况："她的身子被自己的血浸染着，同时在血泊里也有一个小的、新的动物在挣扎。"在封建的桎梏里，生和死的置换竟然是以女性生命的摧毁为代价，令人不忍卒睹。

而在《生死场》里，萧红更是描写了数个生育场景。大狗、五姑姑的姐姐、金枝、二里半的老婆傻婆娘和李二婶子，还有不知是谁家的母猪，人与动物的生产画面在萧红的文字里交替出现。她以滞重的笔墨泼洒出一幅直白的画卷，"在乡村，人和动物一起忙着生，忙着死"。

在萧红的悲剧意识中，生育的痛楚是女人完成种族延续的刻骨历程，是与动物并存的天性和本能。而男权社会里的生殖繁衍，是对女性生命的折磨和攫取，同时也成为间接杀死女人们的一种工具。

然而，抛开这些繁杂的观念和文字里对于传统的叛逆，一个孩子的无奈离弃和另一个孩子的初生夭折，于萧红毕竟是一次次的骨肉分离，那是一种渐渐侵入，并且会终身蔓延的疼痛，锥心蚀骨，无以排解。

此时，端木蕻良远在重庆，并没有陪伴在萧红的身旁。而孩子的亲生父亲萧军，那个萧红至死都念念不忘的男人，则早已经于半年前在《民国日报》上发布了"订婚启事"，与小他十二岁的妙龄少女王德芬牵手，奔赴他新的幸福，永远地从萧红的世界里消失遁迹。

　　深刻的苦痛，她只能独自承担，刻苦隐忍。而以她一贯的倔强个性，也并不愿意把内心的苦楚向他人透露和倾诉。如同当年在萧军的暴力下讳莫如深，如履薄冰，如今的萧红对于失子之痛仍然是竭力掩饰，不露声色，小心翼翼地维护着她仅存的自尊。

　　当萧红在江津生下孩子，离开白朗家时，对她说过一句话："未来的远景已经摆在我的面前了，我将孤寂忧郁以终生！"或许，她已经于迷朦中模糊地感知，有些路她注定要一个人走，伤痛的泪水也只能由自己擦拭，而端木，并不会成为她人生最后最踏实的归宿。

　　在嫁给端木之前，萧红就曾经想做掉腹中的孩子，却因为战时西安医疗条件太差而未能如愿。如今，经历过这次难以言说的痛楚之后，萧红终于又一次卸下了生命的重负。没有了孩子的羁绊，她的生活变得简单而容易。稍作休憩，她告别罗烽和白朗，离开江津，辗转又回到了重庆。

　　夕阳寒蝉，一树孤鸣，疼痛中褪去坚硬的旧壳，置换着新的生命，浅吟低回，一身轻盈。

第三章
生命绝唱

满天星光，满屋月亮，人生何如，为什么这么悲凉？

——萧红《呼兰河传》

每一个女子，都有如花的季节。从青葱的绽放，行至妖娆的迟暮，四季的风光，都是温存而细致。回望身后，遗留下来的些许足迹，或缤纷细碎，或厚重粗粝，穿越了风霜的侵蚀，每一步都彰显出美丽或从容的品质，恒久，清晰。

一路剪切的风景，被岁月打磨、雕琢，再一一地装裱、润色。经年的沉积，悬挂成旷世的珍奇。若褪下璀璨的外衣，被隔空地审视，流光的色彩，和生之欣喜，丛丛簇簇，依次累积。本真的着色，是天然的质拙中最细腻的捕捉。

在生命的某个时段，欣然驻足，流连于绝美的意境，抑或是凡俗物事，知性与感性在身心里交融，艰辛和感悟却在风雨中沉寂。便将所有的表情，都隐藏进一朵花开的盛极里。在前行的路上，再挂上几许沉默的沧桑，挥手别去。

很多时候，开始没有理由，结束也不需要预期。烟雨楼阁，是碎裂了的憧憬，虚幻着的幸福。冷静的眼眸里倒映着清洌的风景，山风流转，水光潺潺，一掠而过的世事，却将人间百态，世情万物，悉数拈来，尽收眼底。

再回重庆，产后的萧红身体虚弱，需要静养。经朋友的帮助，她先是住在歌乐山云顶寺下的歌乐山乡建社招待所里，与著名音乐家沙梅、季峰夫妇为邻，而端木蕻良此时应复旦大学教务长孙寒冰邀请，任内迁重庆的复旦大学新闻系兼职教授，兼复旦大学《文摘》副刊主编。

招待所是一座土木结构的建筑物，与歌乐山的最高峰遥相对望，山顶的青幽古刹云顶寺，青云环绕，晨钟暮鼓，梵音缥缈。楼房的背后有一面山坡，春夏时节，树木繁茂，鸟雀呼晴。楼房的左侧不远处还有一个莲花池，碧叶琼花，一池翠蔚在风中悸动，间或有鱼戏荷畔，莲叶田田，颇有世外桃源的悠闲静雅。

那样一处远离尘嚣的所在，环境清雅静谧，近之身心惬意。入秋之后招待所里几乎无人居住，并且还配备了食堂，半山腰设有抗战时期著名的歌乐山保育院，非常适宜病中的萧红写作和休养。

闲暇时，萧红常坐在莲花池畔，眼神和心灵一起，抚触着一池莲花，流连忘返。看清晨的露珠坠落在莲叶上，晶莹透亮，听池里蛙声一片，热闹喧嚣，还有池边草丛中偶尔跳跃着的青蚂蚱，躲藏在花蕊里粉绒绒的小蝴蝶，这些全部都是精灵一样的灵逸通透，令人心旷神怡。

幽雅的处境激起了汹涌的文思，萧红的创作灵感在那里无限延续。她在歌乐山继续写作，短短的一年时光，创作了散文《放火者》《滑杆》《林小二》《长安寺》和小说《朦胧的期待》《旷野的呼喊》《逃难》《莲花池》等作品。

在写作的间隙，萧红一度还曾到建在山腰的王昆仑夫人曹孟君任院长的歌乐山保育院做义务工作。摆脱了生育的困扰和焦虑，而孩子的夭殇也让她了却了此前与萧军牵扯着的恩怨，那是一种痛楚之后的轻松安逸。抹去了旧日的苦闷阴郁，她重新恢复了对幸福的本能追逐以及苦难生活中固有的锐气。

不久，鹿地亘的夫人池田幸子怀孕，独自来到重庆，邀萧红与她一同住在米花巷1号，后来她们的日本朋友绿川英子也搬来与她们同住。

绿川英子是日本世界语学者和作家，曾积极参加中国共产党领导的抗日爱国斗争。她的丈夫刘仁是中国留日学生，也是萧红的东北同乡，萧红与绿川英子的友情最初缘于池田的引见。

1939年3月，绿川英子为了迎接到达重庆的萧红，在自己的家里举办了一场有其世界语同仁及重庆文化界的朋友叶籁士、乐嘉煊、霍应人、先锡嘉、司马森、曾敏之等人参加的文学沙龙，中日两位杰出的女作家因此而相逢于雾都重庆。

在聚会中，绿川英子用熟练的中文朗诵着她新创作的一首诗《丢掉的两个红苹果》："妈妈，妈妈，你不要责问我，面颊上失掉了，你给我的两个红苹果……"当所有人都在安静地倾听的时候，没有人注意到，萧红的眼睛里早已经泪光闪烁。她被诗里流露出的正直、善良和纯真的情绪深深地感染，她走过去，紧紧地拥抱了这位异国的同行良友，从此，她们结下了深厚的友情。

米花街的小胡同里，狭窄、拥挤，仿佛是阳光临沐不到的荒芜之地。生活在那里的人们，呼吸着的永远是古旧陈腐的空气，即使是在晴好的天气里，逼仄的空间也透彻着一股阴凉的气息。三个女子，以及和她们有相似遭遇的人们，圈囿在这样的世界里，渐渐地适应，继而平稳地契和、融入。

　　许是自汉口陷落之后，动荡的时局暂时平息，抑或是远离战争最前线而衍生出来的些许闲适感触的浸入，她们白日里的生活竟是如置身于凡俗之外的平淡和安逸，而夜里彼此之间闲谈着的话题，也是拈花惹醉，行云流水，与战争毫无牵系。

　　在两位日本女友的眼里，萧红喜欢抽烟、喝酒，善于谈天，甚至是唱歌也十分在行。她教她们家乡的东北小调："一封书信，何日方能到？山遥水远路几千，一别已经年。"这小调在萧红逝去之后许久，绿川英子仍会在无意识中念出来。

　　萧红曾有过两次怀孕生子的不堪经历，她在生活中尽力给予即将生育的池田周全细致的照顾。她为池田做她喜欢吃的饭菜，煮她自己最拿手的牛肉，并且像亲姐妹一般地关心她的身体，陪她聊天，缓解她濒临生产的紧张心情，她们之间情趣相投，无所不谈。

　　三个命运各异的女子，在战争的间隙中巧遇机缘，相聚在一起，她们互相欣赏，彼此钟意，享受着战乱中难得的和平日子，书写着她们轻绵却深邃的情谊。这样的平静安宁，一直持续到池田的丈夫鹿地亘到达重庆，她们才各自分离。

　　抛却生活的颠簸和生存的困惑，一个花季妙龄的女子，如何不爱云裳月容，不惜眼睛里的风景。萧红有超脱凡尘的风格，却也渗透着些许随从世俗的性情。经久的流落生活，染就了她颊上的风霜，却抹不去她心底里关于诗意和美的执着与渴望。

　　1939 年 1 月，胡风的夫人梅志在重庆的小旅馆产下了女儿晓风，一家四口挤住在狭小的屋子里，艰难度日。那日，梅志正给孩子赶做衣服，忽而听到敲门声，打开房门，未见人影，却闻得一阵梅香扑面而来。梅志诧异间，眼前一亮，一枝红梅出现在眼前，而手执梅花的人正是萧红。

梅枝掩映中的萧红神采奕奕，面色嫣红如手里的梅花，身着一件端庄合体的黑丝绒长旗袍，亭亭玉立，清雅高贵。故友在他乡相遇，梅志欣喜异常，丢开手里的针线，便拉着萧红坐在床边，热切地谈起别后各自的境遇。

在梅志的印象里，她从未见过萧红如此明艳漂亮，便忍不住夸赞起萧红穿的衣服。萧红闻言开心地笑着告诉梅志，这件衣服是她自己做的，所用的衣料、金线甚至是铜扣子，都是她在地摊上廉价买的，但经她巧手缝制，却变成一件雍容典雅的服饰。

听了萧红的解释，梅志再仔细地看那件旗袍，发现萧红用金线沿边钉成藕节花纹，再缀上那些刻有凹凸花纹的铜扣子，整件衣服便显得光彩夺目，人亦看着颇具神采。梅志不由得在心底感叹，原来萧红是如此爱美且懂得审美的女子，却遭遇了生活太多的苦难，以至于她的美被埋没在岁月里，经久不曾显现。

1939 年的春天，池田幸子生下了一个女婴，之后她开始刻意地拒绝生活中的一切干扰，而且作为国民政府官员，她的身份和心态也有了些微的变化，不再是流亡上海滩的时候，与萧红吃茶谈天，笑到不能自抑的样子，也完全没有了米花巷里的灵犀相通。渐渐地萧红感觉到池田的变化，敏感的她从此很少离开歌乐山上的住处，也极少再与周围人交往，圈禁了自己，专心写作。

然而战争的阴影仍然时时地笼罩着萧红的生活。1939 年 5 月，日军连续轰炸重庆的繁华街区。一天，萧红下山办事，目睹了劫后的废墟，又遭逢日机轰炸，情急中，她躲在了公园的铁狮子下面，才免于一死。后来，萧红随端木蕻良搬到北碚居住，先是住在黄桷树苗圃，后又搬进秉庄的复旦大学教师宿舍。

　　此时，鲁迅逝世已近三周年，许广平来信要萧红收集重庆方面有关纪念鲁迅的活动报道，而与朋友日渐疏远的落寞亦催生了萧红的怀旧情绪，回忆鲁迅先生也成为她追忆往日美好的一种独特方式。于是，在这段时间里，萧红潜心写作，完成了《记我们的导师》《记忆中的鲁迅先生》《鲁迅先生生活散记》《鲁迅先生生活忆略》等一系列回忆、纪念鲁迅先生的文章，后来结集出版，被誉为纪念鲁迅先生的浩繁文字中最具个性的精品散文，多次再版，风靡一时。

　　期间，孙寒冰和《文摘》负责人贾开基曾热情地邀请萧红也到复旦担任一两节文学课，萧红却不假思索地一口回绝，令两人颇为难堪。对于写作，萧红一向怀有宗教般的热切和虔诚，她崇尚自由自在的创作生活，不想以任何方式束缚自己，变成古旧迂腐的学究。

　　萧红的创作生涯风生水起，而她与端木的隔阂和芥蒂却也日渐明晰。在他们的日常生活中，端木从不顾及她女性的自尊，数次给予最直接的批评和痛击。有一次，作家靳以先生去看他们，走进去的时候，萧红正在写作，而端木一如既往地睡在床上，继续着他自幼娇惯成性的慵懒习惯。

　　萧红放下笔，起身迎接靳以，为了不惊醒端木，靳以低声询问萧红在写什么文章，萧红有些羞涩地遮掩着稿纸，回答说："我在写回忆鲁迅先生的文章。"没有想到两个人轻声的对答却引起了假寐着的端木的好奇，他坐起来，略带着轻蔑的眼神扫视了萧红的文字，又鄙夷地笑起来："这也值得写，还有什么好写……"

　　端木肆无忌惮的嘲讽激怒了萧红，她气愤地还击他："你管我作什么，你写得好，你去写你的，我也害不着你的事，何必笑呢！"端木虽然不再说什么，可他的笑却并没有停止。在他的眼里，萧红的自尊和情绪分文不值。

　　而绿川英子在《忆萧红》一文中也曾有过这样的记述："我想到微雨蒙蒙的武昌码头上夹在濡湿的蚂蚁一般钻动着的逃难的人群中，大腹便便，两手撑着雨伞和笨重行李，步履艰难的萧红。在她旁边的是轻装的端木蕻良，一只手捏着司的克，并不帮助她。"同为女性，绿川英子对此深感同情与愤怒。

　　萧红在北碚乡间的日子是清贫的，而精神上却是极其富有。抗战时期的北碚，聚集了大量的关乎中华文化命脉的人才和文物史料，收容、安置了许多流落后方的宝贵人才和重要物资，成为后方文化生产的一片沃土。风景如画的嘉陵江畔，绵延着萧红硝烟漫卷的三千里乡愁，也持续着她关于文学创作深度和广度的渗透与憧憬。

　　1938年，对于萧红的文学创作，是不同凡俗的一年，以此为分界，她的创作生涯切割成为两个不同的时期。在她后期的作品中，褪尽了稚嫩平俗，以一种大彻的悲悯，剖析着生存的境遇和生命的意义，而女性细腻敏锐的特质更是通过文字展示得淋漓尽致。

　　萧红的生命如春红一现，来去匆匆，她的文学生涯更是点滴成金，弥足珍贵。而萧军和端木蕻良，无疑是她一生中最重要的两个男性，他们走进她生命的不同阶段，怜惜她、扶助她、重塑她，却也摧毁她。这两个男人，分别为她开启了不同的生存场景，也叠映出纷呈的辉煌与阴霾。

　　萧军相伴身边时，萧红青春荡漾，激情飞扬，他们比翼双栖，灵犀共长。他看到了隐藏在她柔弱身体里的潜质和力量，他以他的武断和果决纵情牵引，她便喷薄而出。在萧军的启蒙和引领下，萧红从懵懂的混沌中一路行去，渐入辉煌，最终以一部《生死场》在文坛上一举成名，迅速地崛起。

　　而与端木蕻良生活在一起的时候，她沉静温和，透彻颖悟。经历了梦入华胥，再碎裂到现实的绝境之后，她不再是将自己全部地依附于人的女子。收拾起破败的心情，归于平静，回溯跌宕的人生经历，她开始着手写作自传体小说《呼兰河传》，并且，最终以此步入了她文学创作生涯的巅峰。

日军的轰炸日益频繁，重庆也早已不再是他们安然停泊的港湾。1940年1月底，萧红不得不接受友人华岗的建议与帮助，随端木蕻良离开重庆，飞抵香港，住在九龙尖沙嘴乐道8号。

那是一个烟雨蒙蒙的黄昏，萧红与绿川英子牵手走在嘉陵江畔，她们并不知道，这会是两个人的最后一次见面。萧红告诉绿川英子，她很快要随端木蕻良去香港。绿川英子随即追问他们匆忙离开的原因，萧红却无语以对。而这一次的分别，竟是诀别。

许久之后，绿川英子才辗转了解到萧红奔赴香港的原因。武汉沦陷后，重庆作为战时的首都，首当其冲地由后方变成了前沿，遭到频繁的轰炸。萧红与端木蕻良不堪其扰，不胜其烦，为寻觅一方静土安心写作，同时也躲避国民党文化特务的纠缠，他们接受了朋友的建议，应重庆北碚复旦大学的教务长孙寒冰的邀请，去香港编辑《大时代丛书》。

离开重庆，旅途继续迁徙，萧红压抑着烦乱而复杂的心绪，匆匆地赶赴一个陌生的地方，她内心有牵扯不断的忧郁。可是端木蕻良去意已定，她只有随从。这一次，她走得踟蹰而仓促，从此，她一路向南，再也没有归来的日子。

第四章
泪尽念空

七月里长起来的野菜，八月里开花了。我伤感它们的命运，我赞叹它们的勇敢。

——萧红《沙粒》

天地间，四时风景变换，反复着风霜雨雪，尘世中亦纵横错落着艰辛的沟壑。而生命的轮回，无论真实，或是虚幻，都在不停地演绎，堆砌起的人生影像，形态各异，风光旖旎。风拂过，满园繁花，朵朵盛开，再凋谢。当繁华逝去，静谧的世界里荒芜得只剩下一曲忧伤的离歌，回首时却依然不能忘却，那花朵，曾怎样挣扎着，用力地盛开过。

坐拥着温暖的记忆，目光和心灵延伸着触及，那一些往事，生命中深刻着的痕迹，绚烂至极，或静莹若初。迷离中，有青瓷的神韵，冷冽冰清，在光影里若隐若现，灵动起伏。而浅淡的情愫若云随风，不经意间流淌出的那一痕宁静，极尽从容。指尖缠绕着淡淡清香，风自摇曳，花本轻灵。

沉默中飘忽而至的惊悸，是独处时，盛开到极致的孤独。当灵魂和肉体，历经缠绕、挣扎、分离、重置，完整了过程，却忽略了昙花乍现的结局，那是怎样的一种纠缠与劫数。黑夜弥漫，模糊了缤纷的色彩，便只有静等黎明，企求重生的希翼。

香港是萧红零落人生中最后停泊的归处。她的一生起始于呼兰河畔的冰雪世界，她生命的开始和离去，都是传说一样离奇的故事，不拘形迹，不入时宜。继而由北向南，一路曲折，辗转流离，璀璨的终结，烟花一般散落，消匿在香江边上紫荆树芬芳的荫蔽里。

萧红与端木于 1940 年 1 月 17 日飞抵香港。此次离渝赴港，他们行色匆忙，未及声张，身边的朋友中只告知了张梅林和绿川英子，于是惊动了敏感的文艺界，怀疑和猜测纷至沓来。传言认为萧红在抗战最艰巨的时期里，褪去了激情昂扬的本色，甘于平淡，回归到荒诞的世俗。

是时，胡风曾分别致信许广平和艾青，称他们秘密飞港，行止诡秘，甚至直言："汪精卫到了香港，端木也到了香港。端木在香港安下了香窝……"文字里充满了不屑和猜疑。或许，就是从那时起，端木、萧红与胡风之间开始有了深刻的隔阂，并且在之后的时间里迅即地扩展，终至无法逾越。

而香港文艺界对萧红和端木蕻良的到来报之以盛大的激情，众多文艺活动也顺理成章地列入了他们的日程。"中华全国文艺界抗敌协会香港分会"为他们举行了隆重的欢迎聚会，萧红还参加了香港女校纪念三八劳军筹备委员会在坚道养中女子中学举行的座谈会，并和端木一同出席"文协"香港分会二届年会，端木当选为候补理事。

为纪念鲁迅先生诞辰 60 周年，端木与萧红合作，在香港《大公报》发表了剧本《民族魂》。8 月，香港文协、青年记者协会香港分会、华人政府文员协会等文艺团体联合在加路连山的孔圣堂召开纪念会，纪念鲁迅先生 60 岁诞辰。作为鲁迅先生生前颇为器重的学生和密友，萧红在会上讲述了鲁迅先生的生平事迹。纪念会上还演出了哑剧《民族魂》。

远离了战时重庆的硝烟弥漫，萧红在香港的日子过得平静安闲。然而，抛开各色繁琐的文艺界活动，回归到日常平淡的写作生活里，萧红却并不适应这种过度的安静和释然。她的身边，没有可以倾心的朋友，只有一个孩子气浓重的丈夫。每一次浮躁的喧嚣过后，她都会感到无比的空旷和廖落，四顾茫然。

她在给白朗的信中忍不住诉苦："不知为什么，我的心情永久是如此忧郁，这里的一切是多么恬静和幽美，有田，有漫山遍野的鲜花和婉转的鸟语，更有澎湃泛白的海潮，面对着碧澄的海水，常会使人神醉的，这一切不都正是我以往所梦想的佳境吗？然而呵，如今我只感到寂寞！在这里我没有交往，因为没有推心置腹的朋友……"

一个生活在摧毁人性的时代里，却活得淋漓透彻的女子，在人世间可以向往的事物惨淡无几。她唯一能够把握的，只是幼时那些铮琮流去的日子，尽管，亦曾经被爱与亲情，依次地忽略过，却也是放纵了天性，活得骄傲而奢侈。

而当她终其一生的放逐和退隐，努力追逐的凡俗渴望终于成为无法企及的影子，她便只有沉浸于童年的记忆，那些时光曾赋予她不可一世的力量和勇气。在一场漫长而虚拟的幻境中，她竭尽全力地把握住每一个稍纵即逝的瞬息。

1940年12月，她完成了长篇散文体小说《呼兰河传》，这是继《生死场》之后，她创作生涯中的又一次辉煌的顶极。茅盾先生在序言中称："它是一篇叙事诗，一幅多彩的风景画，一串凄婉的歌谣。"《呼兰河传》的完成，标志着萧红文学创作已进入成熟时期。

这是一部难以逾越的传世之作，萧红以近乎稚子的视角和笔触，置身于世情之外，平稳而冷静地叙述着简约平淡里的跌宕起伏，扑朔迷离。摒弃了虚饰的百姓生活，交织罗列着的悲惨故事，拼接出一隅的世界，轻描淡写中令人绝望而窒息。

萧红在小说里写尽了一方微小的天地，各色人物，飘泊如蚁。地域的美俗，稚子的顽劣，荒凉与热闹，离弃和生死，关于世象的描摹，人情的轻唱，轻若鸿毛，却牵动到人的心底。

"花开了，就像花睡醒了似的。鸟飞了，就像鸟上天了似的。虫子叫了，就像虫子在说话似的。一切都活了。都有无限的本领，要做什么，就做什么。要怎么样，就怎么样。都是自由的"。《呼兰河传》里盛放的生命是如此的简洁明丽，汹涌而恣意，却终是无法嫁接到现实的生活里，涂抹一片亮色的暖意。

《呼兰河传》有《诗经》一般的文字源起，所有的人物，无论是劳碌者，或是饥寒者，在质拙的愚夫愚妇们身上，无不散发着隐忍、渴求和被压抑的执着意气。一个时代的愚昧、荒诞的陋俗，被萧红以文字轻盈地掠过，给所有的生命一个善意的微笑，把世界还原成荒漠的底色，静听风起。

在萧红的生命里，充斥着的是孤独、饥饿、流亡、疾病，以及冷漠和苛责，这样的环境塑造了她坚硬且脆弱的本质。从精神到肉体，她始终是无休止地承受、反复，再无望地疏离。她似乎从没有机会真正地安静下来，做一次完整松驰的停泊休憩。

早在重庆写作回忆鲁迅先生系列文字的时候，萧红的身体已有不适。战时的重庆，人口拥挤，卫生和营养条件极差，身体的病痛，她只能暂且搁置。而日渐苍白、消瘦的倦容，早已掩饰不住故作的坚强，她已经有了肺结核的明显症状。

1940年冬初，经胡愈之介绍，端木与萧红结识了周鲸文。周鲸文邀请他们一同主编他筹划创办的大型纯文学刊物《时代文学》。此间，萧红在咳嗽、头痛、失眠的病态里，仍然坚持创作以"九·一八"事变后祖国半壁山河沦陷为背景的长篇小说《马伯乐》，并且完成了《小城三月》《北中国》等。这段时间，萧红以惊人的速度完成了一生中最为成熟的巅峰之作，成为她不到十年的创作生涯里最为华美的篇章。

1941年春天，美国进步作家艾格妮丝·史沫特莱在回国途中，经过香港，特意到九龙看望萧红。她们是1936年在鲁迅家里结识的，两个不同国度的杰出女性，却因牵系着相同的正义和激情，彼此走近，情深义重。

史沫特莱关注着萧红的身体，曾把她接到自己的住地玫瑰园小住。她旁观着战局的变化，认为日军必定要进攻香港和南洋，香港的局势一触即发，已经不是安全的久居之地。她提醒萧红应该暂时放下工作，离开香港去新加坡。

后来，萧红听从史沫特莱的建议，到医院做了全面检查，确诊了患有肺结核。史沫特莱劝她住院休养，并为她奔走接洽，送她住进了香港玛丽医院。之后，史沫特莱回国，萧红的病情日益加剧。

举国贫困的年代，肺结核几乎是不治之症。萧红用不起价格昂贵的盘尼西林，大夫给她打了空气针治疗。由于萧红极不适应这种新式的充氧疗法，她变得愈加虚弱，并且感到身心极度疲倦。那是一种从心底流淌出来的感觉，在她记忆里从来不曾有过，即使是当年流浪在冰雪中的哈尔滨街头，衣食无着，举目无亲，她都没有如此地疲累和颓废。

她的整个身体如同一只失去了依托的风筝，盈盈欲坠，倦吟无力。便秘、哮喘、咳嗽、头痛，所有的病痛席卷而至，她面色灰暗，声音低哑，濒临崩溃。自她少女时代逃离家门开始，在她的意念里，仿佛是第一次失去了抗争的精力和昂扬的斗志，渴望安静地永久地睡去。

夏天到了，万物葱茏，勃发着生机，而萧红的病势却愈加沉重。

每天被包裹在病房沉闷压抑的气息里，她渴望阳光，向往着呼吸到旷野的清新空气，于是，她从病房搬到了室外的阳台上。夜里，海风习习，沁入肌骨，萧红从噩梦中惊醒，冷汗淋漓。

第二天，她的病情加重，咳喘不止。蚀骨的病痛令她卑微而慵倦，尽失了锐气。她请求医生打针，却被冷漠地拒绝。她要求出院回家，医院也不允许。神情迷离中，她仿佛回到了十年前，在哈尔滨的医院中生第一个孩子时的情景，精神上饱受的冷遇与虐待，曾给予她刻骨的记忆。

她开始幻想萧军的拯救，而端木却只是劝她安心养病，不作任何争执。后来，萧红求助于香港东北救亡协会的领导人于毅夫先生，终于出院，回到九龙的家里休养。

1941 年 12 月 8 日清晨，香港九龙上空凄厉的警报声呼啸而至，惊扰了人们的安宁。日军偷袭珍珠港，重创美国海军基地，同时空袭港九地区，轮番轰炸位于九龙的启德机场，企图切断香港与外界的航空联系，太平洋战争全面爆发。

三年前，怀孕的萧红借住在汉口"文协"罗荪的家里，与朋友一起，隔空倾听着武昌激烈的轰炸声。两年前，在重庆歌乐山，产后的她，亦曾亲历了数次轰炸，跨越了遍地的残零。而这一次的情形，却全然不同。此时的她，疲惫而虚弱，只能静卧在床上，任由他人安置。对战争的本能拒绝和对死亡的极端恐惧，令她紧紧地抓住端木，无助地向他寻求着一份安宁的归依。

战争既已爆发，端木必须想办法应对即将到来的灾难局势。他将萧红托付给朋友骆宾基照顾，自己抽身出去处理一些事情。骆宾基是他们的东北同乡，也是萧红弟弟张秀珂的朋友，初到香港时身无分文，端木曾经倾力相助。此时他本想躲避战乱，回到内地，但面对端木和萧红的困境，他慨然应允，义不容辞。

12 月 8 日早晨，诗人柳亚子去看望萧红，他细心地宽慰萧红的恐惧心理，给她勇气和鼓励。离开时，还留给她 40 美金，嘱其安心养病。而远在美国的史沫特莱也给她寄来了 200 港币的汇款，那是萧红的一篇散文《马房之夜》被斯诺夫人翻译之后发表在《亚细亚》月刊上的稿费。朋友们的陪伴与呵护，为萧红伤痛脆弱的身心涂抹上一丝温馨的慰籍。

之后的十数天里，端木、骆宾基，有时还有香港东北救亡协会的于毅夫，都陆续向萧红伸出了关爱之手。在周鲸文、柳亚子和东北救亡协会的资助下，带着萧红几番更换住处，最后住进了思豪酒店，以躲避日军炮火的袭击。

频繁的迁移，仓惶狼狈，无望的未来，牵起痛楚的回忆。萧红想起多年前与父亲的抗争和对立，此时她才蓦然发现，父亲其实是多么开明而温和的一个绅士，他默许继母在呼兰第一个穿高跟鞋，他允许孩子们自由地进校读书，甚至在家里打网球……而她却一直在与父亲争斗，拒绝他的庇护。如今她的人生是如此的惨烈，丢盔弃甲，一败涂地。她想要向父亲投降，却已是回望无路。

在思豪酒店，端木频频离去，只有骆宾基自始至终地陪伴着萧红，不离不弃。不见端木的踪影，萧红便惶惑不已，她无端地揣测，一向胆小的端木是不是已经独自突围，返回了内地，而把病重的她抛弃在战争的无边黑暗里。

对于孤单和被遗弃，萧红有与生俱来的本能抗拒，于是，她的依赖和期望全部寄予了身边的骆宾基，她更怕这个初识不久的男人也悄然地离她而去。面对着萧红企求惊惧的眼神，骆宾基不忍违逆，他甚至放弃了抢救自己重要手稿的机会，不曾离开萧红须臾。

因为战争，两个人被放置在这样一个单一纯粹的空间里。他的缄默令她难以自制，急欲倾诉，她渴望他能了解她的过去，懂得她的心思。她憧憬着他能送她回到上海，她还要续写《呼兰河传》的第二部。

她回忆着萧军的粗豪和孔武，还有他不可一世的霸气，也告诉他端木的胆小、怯懦、孩子气，以及他不负责任地离弃。她对他说："我知道与萧军分手是一个问题的结束，和端木结合又是另一个问题的开始。"对于自己的一路行迹，她的认知其实是如此的透彻而清晰。

然而，清醒的认知，却又无路可退，明知道是错误，却要一再地延续，让自己承受无边的痛苦。固守着生存的尊严，她活得艰辛而苦楚。对于骆宾基的质疑，萧红只有沉默以对。恨不是爱的终结，心灵的苦难缘于铭心刻骨的经历。"筋骨若是痛得厉害了，皮肤流点血也就麻木不觉了。"廖廖数言，是尖锐磨砺后的平实流露。

思维空旷的年代，所有人的眼光都聚居着粉饰过的统一色彩，而萧红执意地求取一份裸露坦然的本真，无疑是荒谬而切实地宣战，决裂于沉睡的时代。在麻木和变异的围堵中，被拒斥抛弃，被强迫压抑，所有的触及都是命运不可拒绝的赐予。

第五章
倾情一生

我一生最大的痛苦和不幸，却是因为我是一个女人。

——萧红临终语

　　一袭清衣，一张素颜，荆棘丛生，风霜尽染，艰辛而果决地行经尘世，一路豪宕，却沉默无言。这便是萧红，倾尽一生，置身于尘寰，生于安乐，却委身于忧患，心甘情愿，只为追逐水云深处，一方爱与自由纵情渲染的空间。

　　萧红的一生，华丽地盛放，亦壮烈地委顿。尘俗的冷漠与坚硬日渐包裹着她柔软而温暖的本性，万千世态，浮华悲喜，沉淀、累积，终是沦落为俗世的一声叹息。而朔风凛冽的枝头，却永久地停留着她盛极的姿势。

　　她始终用一种纯净的目光看世间百态，人情万种。她选择了一种最原始的姿态，播洒着爱与信任，却不知，世人已蒙蔽了太多的面具，周遭已是雾霭缭绕，幻象迷离。那些轻易的忽略与离弃，在渐远之后，她再也抓不住点滴。

　　生命的过程，从欣喜到沉寂，，一如草木的荣枯，在冬去春来的季节繁复里，交替轮回，繁衍生息。狂野凌乱的风，吹乱了四野一如既往的平铺直叙。当风轻云淡，岁月静好，安稳如初，无辜的生命，亦只能任由着时光的牵引，努力地挣扎，前行，奔向意念中的光明。

著名作家聂绀弩曾对萧红说："萧红，你是才女，如果去应武则天的考试，究竟能考多高，很难说，总之，当在唐闺臣前后，决不会和毕全贞靠近的。"说到的两个人都是清代小说《镜花缘》中的人物，武则天开科考试天下才女，唐闺臣本为榜首，武则天因不喜她的名字，将其移后 10 名，而毕全贞则为末名。

萧红却笑着回应："你完全错了。我是《红楼梦》里的人，不是《镜花缘》里的人。"她的回答使聂绀弩颇感意外，他追问萧红自认是《红楼梦》里的谁，萧红说："我是《红楼梦》里的那个痴丫头。"

萧红说的痴丫头，不是敏感孤傲的黛玉，不是倔强刚烈的尤三姐，更不是绝尘出世的妙玉，她指的是淳厚隐忍的香菱。香菱自小被人贩子拐走，后被贪淫好色的薛蟠霸占为妾。她曾有幸跟着宝钗认字学诗，勤谨聪颖，如痴如醉，梦里也在吟诗作词。

曹雪芹在《红楼梦》里称之为呆香菱，他对香菱命运的判词是："根并荷花一茎香，平生遭际实堪伤。自古两地生孤木，致使香魂返故乡。"香菱对于薛蟠的打骂毫无怨言，对夏金桂的毒害也是逆来顺受，她的呆讷和痴愚令人心生怜悯。

萧红和香菱对文字有相同的痴爱，而在文字之外，对于萧军的性烈如火和端木的冷面孤僻，萧红的承受与包容更类于香菱。在性别尚不平等的年代里，于命运，香菱的屈服和萧红的探索最终归于一样悲剧的结局，两个同在命运里煎熬半生的痴女子，她们的生命都止于无奈和不甘的叹息。

萧红滞留思豪酒店，骆宾基倾心照顾，而端木却准备与朋友们结伴，突围离去。与萧红告别之后，因萧红病势加重，未能成行。

日军的轰炸步步紧逼，思豪酒店也几近人去楼空，当生命被放置

在无可回避的空洞之中，萧红反而愈显坦然平静。在炮声间歇的肃穆
宁静中，她和骆宾基仿佛相依为命，彼此支撑。她为他讲述一个未及
落笔的小说腹稿，他安静地聆听。在生死的边缘，她的倾诉和他的倾
听，让炮火纷飞的世界顷刻远离，他们置身现实的战争之外，亲近于
文字，神游其中。

　　然而故事最终被逼近于咫尺的炮火打断，这个未竟的故事，在萧
红逝世之后，被骆宾基写成了小说《红玻璃的故事》，发表在 1943 年
1 月 15 日出版的《人世间》，署名是萧红遗述骆宾基撰，文风和笔触
都酷似萧红。

　　思豪酒店已遭轰炸，端木和骆宾基再次带着萧红，在弥漫的硝烟
中四处搬迁。最后，萧红被安置在周鲸文坐落于斯丹利街时代书店的
书库里，度过了一个炮火连天的"平安夜"。

　　12 月 25 日，圣诞节的下午，香港沦陷，萧红再一次亲历了一座
城市的倾覆。1932 年，她在哈尔滨的东兴顺旅馆里，目睹着洪水汹
涌地淹没了所有的人群和建筑，而九年后，日本的炮火以更甚于洪水
的威势，转瞬间便吞没了香港这一座城市。

　　1942 年 1 月 12 日，端木和骆宾基辗转把旧疾复发、病情加剧的
萧红送进香港跑马地的养和医院。经医生会诊后，误诊为由气管结瘤
引起呼吸不畅，必须立即手术摘除。端木的二哥曾患过脊椎骨结核，
他深知结核病人不能手术，因此，他竭力反对医生的治疗方案。

　　然而，久病的萧红已是极端的脆弱、敏感而偏激，强烈的求生欲
望让她无视端木的意见，自己在手术单上签了字，之后，不负责任的
医生便草率地为她做了手术。术后发现是误诊，萧红病情迅速恶化，
以致不能饮食，身体极度衰弱。

　　此时她仍然渴求着生存，她告诉端木蕻良和骆宾基："人类的精
神只有两种，一种是向上的发展，追求他的最高峰；一种是向下的，

卑劣和自私……作家在世界上追求什么呢？凡事对人若有些好处的就该去做。我们不是这世界上的获得者，我们要给予。"她还想继续写作，可是她也知道，自己来日无多了。

医院对萧红的病情已经束手无策，1942年1月18日，萧红转入玛丽医院，重新动手术，换喉口的呼吸管，从此，她便几乎不能再开口说话。

19日深夜子时，萧红向骆宾基要了纸笔，写下最后的遗言："女性的天空是低的，羽翼是稀薄的，而身边的累赘又是笨重的！而且多么讨厌呵，女性有着过多的自我牺牲精神。……不错，我要飞，但同时觉得，我会掉下来……我将与长天碧水共处，留得那半部'红楼'给别人写了……半生尽遭白眼冷遇，身先死，不甘！不甘！"

22日黎明，当前一日外出为萧红购物而未及赶上轮渡的骆宾基再次来到玛丽医院，发现门口换上了"大日本陆军战地医院"的牌子，进去已经不见了萧红。几经辗转他找到端木，才知道萧红被转移到圣士提反女校中的红十字会临时救护站，已告病危。

当骆宾基和端木终于赶到这所临时医院时，却见萧红身上盖着毛毯，仰面睡在床上，头发披散地垂在枕后，面容惨白，逐渐灰黯。22日上午11时，萧红终于走完了她短暂而坎坷的人生之路，呼出了最后一丝气息，溘然长逝。

生命在战争中从来都是微小如尘埃，被毫无理由地忽视。没有人知道，在日本人侵入医院的那个长长的黑夜里，萧红独自一人，是怎样承受了巨大的惶恐和惊悸，亦或者，长久的病痛与恐慌，早已经让她心如止水，无嗔无惧。

那样一个凄凉的冬日，年仅三十一岁的萧红以这样一种决绝的方式，结束了她的十年漂泊，从家乡的呼兰小城，到哈尔滨、北京、青岛、上海、日本东京、武汉、临汾、西安、重庆、香港等，她一直在迁徙。而伴随着她的，始终是战乱、孤独、伤痛和离弃。

她在《呼兰河传》里写着："春夏秋冬，一年四季来回循环地走着，那是自古就这样的了，风霜雨雪，受得住的就过去了，受不住的就寻求着自然的结果，那自然的结果不太好，把一个人默默地一声不响地拉着离开了这人间的世界。至于那没有被拉去的，就风霜雨雪，仍旧在人间被吹打着。"或许，生死与轮回在她的眼中早已是烟云掠过，宠辱不惊。

早在1938年初春，丁玲率西北战地服务团到达临汾时与萧红相识，尽管两人在思想、情感和性格上都有较大差异，却丝毫没有影响她们一见如故的友谊。丁玲曾经希望萧红随她一起去延安，远离动荡不安的生活。而自由随性的萧红终于没有听从她的建议，一路南下，走上了自己的不归路。

丁玲在《风雨中忆萧红》中这样回忆萧红："我很奇怪作为一个作家的她，为什么会那样少于世故。大概女人都容易保有纯洁和幻想，或者也就同时显得有些稚嫩和软弱的缘故吧。"

而萧红在几年后对骆宾基的追述中说："丁玲有些英雄的气魄，然而她那笑，那明朗的眼睛，仍然是一个属于女性的柔和。"

或许，当年萧红若去了延安，她会有不一样的结局，然而，流年岁月，世事变迁，回首过往，已无迹可循。所有的假设，终究只能是散落的祈愿和飘忽的期许。

萧红逝去后，端木曾剪下一缕萧红的遗发，珍藏于怀中。再请人为萧红拍摄了遗容，又费尽周折，将萧红遗体单独火化。他还到一家古董店以高价买到两只素色瓷瓶，细心地将骨灰分别殓入两只瓶中。

萧红在手术之前，曾留下遗言，唯愿自己死后能葬在鲁迅先生的坟墓旁。在她漂泊无依、历尽磨难的一生中，鲁迅曾以长者的胸怀，给予她一份深刻的懂得，在充满屈辱、背叛和战乱的冰冷人世间，这是她唯一流连着的温情去处。这样的要求在当时的情形下根本无法完成，萧红又提出，把自己埋在一个风景区，要面向大海。

第二天，端木蕻良与骆宾基一起，设法越过日军的封锁线，按萧红遗愿，将一瓶骨灰葬于滨海的风景区浅水湾，把一块事先写上了"萧红之墓"字样的木牌竖立于墓前。因当时处于敌占区，端木担心出现意外，便悄然将另一瓶骨灰葬于萧红逝世的圣土提反女校后山东北向山坡上一株半大的树下。

1957年8月15日，中国作家协会广州分会将萧红骨灰从香港迁到广州银河公墓，重新安葬。

与萧红脆弱而倔强的生命一起逝去的，是她一直以来不曾停息的对于人世间的宏大悲悯和细微牵系。在战争的硝烟里，她带着它们，一起销声匿迹，留给世人一部短暂而悲怆的流亡史，还有无尽的探究，无言的叹息。

萧红曾说过："我没有家，我连家乡都没有。"而她的父亲张庭举，老年时请别人帮忙在图书馆查找到萧红的作品，并细细阅读，在和老朋友举杯喝酒时，亦念及萧红，老泪纵横。

她深爱过的男人萧军，晚年是在对萧红的怀念中度过的，他整理了当年萧红写给他的信，并结集出版。他与她，最终是相见不如怀念。萧军老年曾与朋友说到萧红："她的心太高了，像是风筝在天上飞……"而他年轻时写给萧红的诗"浪抛红豆结相思，结得相思恨已迟，一样秋花缠苦雨，朝来犹傍并头枝。"亦成为真爱的见证和血祭。

而她最后的丈夫端木蕻良，在她英年早逝后，面对着众人纷呈的指责和排斥，却以一个男人的担当，永久地保持了沉默。端木在萧红去世18年后才续娶钟耀群为妻，1987年11月4日，端木与钟耀群一起到萧红墓前祭扫并献词一首，题为《风入松·为萧红扫墓》："生死相隔不相忘，落月满屋梁，梅边柳畔，呼兰河也是潇湘，洗去千年旧点，墨镂斑竹新篁。惜烛不与魅争光，箧剑自生芒，风霜历尽情无限，山和水同一弦章。天涯海角非远，银河夜夜相望。"

在《生死场》中，萧红写道："在乡村，人和动物一起忙着生，忙着死。"世间的人和事，莫不若此。据说，世界上有一种没有脚的鸟，它的一生只能一直飞翔，飞累了就睡在风中，这种鸟一辈子才会落地一次，那就是死亡来临的时刻。萧红就是这样的一只鸟，没有栖息，永远流浪。

许多年过去，天地浩渺，沧海一粟，萧红的名字，早已不再只是乱世之中的一抹苍凉，却被岁月的风霜镌刻成为一朵经久盛开着的奇迹。

后　记

风从窗户外面吹进来，阳台上盆栽里的花草枝叶蹁跹，随风疏离。一朵茉莉飘摇着起舞、旋转，凋落在了窗前灼灼的阳光里。恍惚间惊觉，时光飞逝，已是盛夏的节气，而关于萧红的文字，居然一直断续着，写了两月有余。

如许多人一样，对于萧红，之前不曾有过太多的了解与倾注。或许，是因了女子心理和表情上的小小矫饰，民国时期的才女，喜欢林徽因，喜欢张爱玲，喜欢石评梅，却独独不曾关注过萧红些许。只知道她写的文字曾经印在中学的课文里，《火烧云》，还有《祖父和后园子》。

忽然地倾注了笔墨来写萧红，缘于无意间看到的电影《萧红》，里面有一句台词："你知道我为什么写作吗？因为没有更快乐的事情做。"蓦然惊悸，这个女子，原来是为文字而生，并且依文字而生，她的一生，该是怎样的一个用文字书写出来的传奇。

心意浮动，情思迷离，情不自禁地尝试着去触摸，这个民国才女短暂一生中的细碎点滴。一幅关于萧红的画卷徐徐地展示，视野中萧红的影像渐次地风生水起。然后，迫不及待地想用文字，写她的神韵，刻画出她的风骨。

然而，写萧红并不容易。

不能不承认，自己是一个感性远远多于理智的女子，轻易地便会沉浸于某些意境中，不能自已。而荡漾在萧红的世界里，随着她的境遇，变迁、沉浮，关于她的生活、情感，还有惊世绝伦的文字。惊喜着她的幸福，失落着她的溃败，跟随她的情绪，一次次地冲突、起伏。一些时候，甚至是物我两忘，忽略了现实与臆想中的距离。

某个瞬间，会情难自抑，极想能跨越时空，与萧红一起，问问天上的神灵，或者是人间的智者，她只想要一场最简单的快乐，她只求一份安稳的百姓生活，却为什么，终不能得？

"人生为了什么，才有这样凄凉的夜？"每一次的诘问，都只有回音，飘荡在空旷的山谷里。而世界不会为任何人停留，一如光阴，白驹过隙，不能回头。生命是个永恒的谜题，即使我们甘愿终生如朝拜的香客，求解，亦无解。

这真的是一段缠绕于文字中极端痛楚的经历，无法抗拒，便本能地想要逃脱、回避。于是，未写完的文稿，被无数次地丢开、远离。却终是不忍真的离弃，回头，再捡拾起，拂去尘埃，默然地继续。反反复复。

写过萧红，便是附着着她的灵魂，走遍了她的身心所及。抗争，逃离，疾病，贫困，奔波，遗弃……她的一生汇聚了太多的词汇，真的是无法一一言述。

萧红和她的文字，都是盛产于那个时代的奇迹。她们赤裸在旷野中，任由着骄阳暴晒，风雨洗涤，却依旧盛开，开得炫幻夺目。

这些文字，不是为萧红立传，亦不为评说是非，只是在走近萧红的这一路，有一些感触，自心底深处，缓缓地流淌而出。